Marie Darrieussecq

Il faut beaucoup aimer les hommes

P.O.L

Marie Darrieussecq est née en 1969 au Pays basque. Elle a reçu le prix Médicis 2013 pour *Il faut beaucoup aimer les hommes*.

Il faut beaucoup aimer les hommes. Beaucoup, beaucoup. Beaucoup les aimer pour les aimer. Sans cela, ce n'est pas possible, on ne peut pas les supporter.

MARGUERITE DURAS

On dit qu'au-delà des mers
Là-bas sous le ciel clair
Il existe une cité
Au séjour enchanté
Et sous les grands arbres noirs
Chaque soir
Vers elle s'en va tout mon espoir

JOSEPHINE BAKER

On prend la mer et on atteint un fleuve. On peut prendre un avion, je ne dis pas. Mais on atteint un fleuve et il faut entrer dans le fleuve. Parfois il y a un port, et des grues, des cargos, des marins. Et des lumières la nuit. Un port sur la part de delta habitable. Ensuite, il n'y a personne. Seulement des arbres, à mesure qu'on remonte le fleuve.

GÉNÉRIQUE

C'était un homme avec une grande idée. Elle la voyait briller dans ses yeux. Sa pupille s'enroulait en ruban incandescent. Elle entrait dans ses yeux pour suivre avec lui le fleuve. Mais elle ne croyait pas à son projet. Ça ne se ferait jamais, en vrai. Atteint-on jamais le Congo ?

Il y avait ce qu'il était lui : un problème. Et sa grande idée coûtait trop d'argent. Demandait trop à trop de gens. Et pour elle la grande idée était comme une autre femme, et elle ne voulait pas qu'il la suive.

« À force de penser au Congo je suis devenu un Congo bruissant de forêts et de fleuves où le fouet claque comme un grand étendard. » Il lui lisait Césaire. Qui n'était pas son écrivain préféré. Mais qui a laissé de bonnes pages, on ne peut pas dire. Et qui était noir, ça a son importance. Sans doute. Elle était de là, elle aussi, désormais. Du pays impossible, avalancheux et débordant.

Chaque matin elle s'éveillait affligée d'une maladie de peau. Ses épaules, ses seins, l'intérieur de ses bras, tout ce qui venait au contact de lui – sa peau était creusée de lignes, de broderies. Elles couraient, incrustées. Elle frottait mais ça ne partait pas. Elle se douchait mais l'eau n'y faisait rien, et dans le miroir elle voyait, sous la peau, courir les galeries étroites et régulières, de fins colliers de perles en creux.

La maquilleuse même n'y pouvait rien. Elle qui était censée jouer la Française diaphane, ni tatouée ni scarifiée. Le visage est ce qu'on ne voit pas de soi. Le dos non plus, je vous l'accorde. En se contorsionnant, on attrape un éclat d'omoplate, un peu de clavicule et de reins. Mais on porte devant soi son visage comme une offrande. Il la voyait. Elle ne se voyait que dans les films ou le miroir. Ce visage intact, où s'imprimaient d'autant mieux les marques.

Et lui c'était qui ? Un acteur comme elle, second rôle un peu connu – on connaît sa tête, pas son nom, et difficile à prononcer. S'il y avait en lui quelque chose de militant c'était peut-être ça : cette obstination à garder son nom – faire carrière avec un nom pareil. Un nom qu'elle aurait voulu porter, elle. Elle avait ça dans l'idée. Joint à son prénom si français, Solange.

Il n'aimait pas qu'elle le regarde quand ils faisaient l'amour. Si elle ouvrait les yeux, il faisait un petit bruit entre ses dents, *chhhhh*. Elle les refermait, elle rentrait dans le noir rouge. Mais elle avait vu son visage bouleversé, l'éclat de ses joues, la sueur sur ses pommettes, presque des larmes. Et ses yeux fixés sur elle, *chhhhh*. Deux pointes noires, jaillies sous les paupières, ses yeux chinois, deux fentes, soulevant les triangles des tempes.

Elle se rappelait géométriquement sa beauté, mais qui était l'homme sur la photo ? Qui est l'homme dont les photos circulent sur les pages de ragots hollywoodiens ? Qui est l'homme qui la regardait, qui la regarde dans sa mémoire ? Sa peau ne porte plus aucune trace de lui, seulement les marques du temps, les cicatrices de tournages qu'il lui semble avoir rêvés.

I

LE DÉBUT

Le début est comme une entaille, elle ne cesse de revoir le début, net et tranché dans sa vie, alors que ce qui suit semble monté à l'envers, ou coupé, ou dans le désordre.

Elle l'a vu, lui et seulement lui. À une soirée chez George. La plupart des invités étaient là, mais elle a pénétré dans un champ magnétique. Une sphère d'air plus dense qui les excluait tous. Elle était silencieuse. Sa présence la rendait silencieuse et seule. La voix lui manquait : elle n'avait rien à dire. Un champ de forces irradiait de lui, palpable, éblouissant, le souffle d'une explosion fixe. Elle était traversée par une onde qui la désintégrait. Ses atomes étaient pulvérisés. Elle était suspendue et déjà elle voulait ça : la désintégration.

Il était vêtu d'un manteau étrange, long, d'un tissu fin et fluide. Il ne la regardait pas. Il regardait le bas de la ravine, les lumières de Los Angeles. Il portait sa lourde tête sombre comme si cet effort l'occupait tout entier. Comme si de tous les humains présents il était seul à avoir conscience de ce fardeau qu'est une tête. Dans le contre-jour des lanternes ses cheveux longs lui creusaient une profonde capuche et sa silhouette longiligne avait quelque chose de monacal. L'intensité du champ de force devenait telle que l'un d'eux – elle – formula quelque chose, sur la douceur ou George ou ce qu'ils buvaient ; et il y eut comme une respiration. Le brouillard blanchissait la nuit, une poudre d'eau se formait sur eux. Il lui roula une cigarette. Leurs mains ne se sont pas touchées, mais le champ de force s'est resserré si brutalement que la cigarette a flotté, est passée entre eux sans qu'ils sachent comment, dans l'espace vibrant et bourdonnant. Il a cherché du feu en pantomime dans le noir, dans les poches sans fond de son manteau. Il n'en avait pas – si – la flamme a jailli. Elle a brûlé ses cheveux en s'approchant de trop près et elle a ri, à tort, puisque déjà il exigeait d'elle, en silence, le plus grand sérieux. Elle a aspiré une bouffée, et elle a fait surface, une dernière fois.

Puis elle a plongé au cœur du monde, avec lui, dans le champ de force, dans le brouillard qui engorgeait Laurel Canyon, dans le bonheur total, opaque et blanc, le bonheur qui désintègre.

*

C'était un acteur prodigieux. Il était capable de faire apparaître devant lui, autour de lui, des peaux, des mues, superposables, et jamais factices. C'était lui, multiple. Il avait atteint ce niveau, cette assurance, d'être lui rôle après rôle, comme George ou Nicole ou Isabelle. Mais il n'avait jamais accédé au statut de star. Pourtant, elle le constata par la suite, il déclenchait l'adoration, et la peur, et le manque.

Elle l'a d'abord cru américain. Ses inflexions, sa démarche. Un Américain excentrique, certes, mais sur les hauteurs de Hollywood on s'habille comme on l'entend. Elle, tout le monde savait qu'elle était française. Elle pouvait travailler son accent pour jouer l'Américaine, mais la plupart du temps, c'était la Française qu'on lui demandait : la salope pointue, la froide élégante, la romantique sacrifiée. En Chanel et Louboutin, qu'on lui offrait après le tournage.

Lui, on lui demandait le dealer ou le boxeur, parfois le flic ou le prêtre ou le meilleur ami du héros aux idées larges. Il avait fait un Jedi discret dans un épisode de *Star Wars*. Dans la vie il jouait l'Américain comme le reste, comme il avait joué Hamlet à ses débuts. Avec la même intensité tranquille. La même indifférence concentrée. Aux Bouffes du Nord, à Paris, elle était au Conservatoire, ça ne pouvait être que lui. Sa voix était mate et grave ; un torse massif, des épaules larges sur un corps très long, qu'elle ne pouvait encore que deviner sous son espèce de houppelande. Sa voix semblait sortir loin au fond de sa gorge, sous ce creux doux où le cou commence et qu'elle aimerait tant embrasser, plus tard, lui demandant si sa tendresse ne l'ennuyait pas, et il lui répondrait : « Pourquoi m'ennuierait-elle ? »

Ses *t* avaient une rondeur mouillée, à peine différents de ses *d*, ce qu'elle prit d'abord pour une coquetterie de bel homme et d'acteur (comme font certains aristocrates en France) alors qu'ils signaient ses origines. Elle, on lui disait souvent par blague que même vue par satellite on l'aurait sue française. La silhouette ? l'angle des maxillaires ? ou la manie de commencer les phrases par une moue sceptique ? Il paraît que les langues modèlent les visages. Son orthophoniste à Los Angeles, avec qui elle travaillait les accents, y voyait une question de stress musculaire.

Oui, française. Il était déjà allé à Paris. Il aimait Paris, les monuments. Oui, c'est une belle ville. Depuis combien de temps était-elle à Los Angeles ? Quatre ans (elle faisait mine de réfléchir), un deux trois quatre, depuis 2003. Depuis que son fils avait choisi de vivre avec son père – une envie de lui dire ça, mais rien dans sa haute silhouette, dans sa tête lourde, dans son absence de sourire, n'invitait à la confidence. Los Angeles, il avait demandé ça comme autre chose. Pour causer de leurs carrières, en somme. Il était silencieux, elle restait silencieuse. Elle lui obéissait, déjà. Elle venait de comprendre qu'il n'était pas américain. À la confirmation qu'elle était française, il avait laissé transparaître un autre accent, peut-être une autre façon de se tenir. Il était canadien. Ce qui ne la satisfaisait pas tout à fait. Mais elle n'insistait pas. Pas tout de suite. Elle aurait préféré se consumer d'un coup, comme les vampires surpris par le jour, que prétendre le réduire à la question des origines. Ils étaient deux étrangers, deux adoptés de l'Amérique. Deux étrangers bizarrement familiers l'un pour l'autre, aussi. Comme s'ils se connaissaient déjà par pays interposés. Comme si l'intensité de ce jour-là avait aussi été la conséquence logique, électrique, des mises à feu de l'Histoire.

Les coyotes jappaient dans les collines, tout près. Ils viennent boire dans les piscines. Leur cri est un gémissement, pas du tout comme un loup, plutôt comme un étrange bébé. George a fini par venir les chercher, une bouteille de Cristal à la main. Il venait de tourner un film de science-fiction et des éléments de décor avaient été repris pour la fête, dont des fauteuils d'un blanc cosmique. Il semblait, comme toujours, tombé du ciel, en complet immaculé, le teint hâlé, et son sourire de Voie lactée. Il les présenta l'un à l'autre, juste les prénoms, d'un ton d'évidence, comme s'ils étaient aussi célèbres que lui. C'était l'élégance de George. Avec lui tout redevenait normal : la gigantesque piscine turquoise, la centaine d'invités, la nuit fumante sur les collines, et l'impossible prénom à résonance osseuse de cet homme surgi. Et deux jours après elle se rendrait compte que lui-même n'avait rien entendu à son prénom à elle.

Ils furent happés par un groupe de gens, le champ gravitationnel de George. Il y avait Kate et Mary, et Jen, et Colin, et Lloyd, et Ted, et deux ou trois amis de Steven et aussi cette fille qui jouait dans *Collateral Damage.* Belle fille typée, comme on dit en France ; peut-être portoricaine. Les têtes dansaient, les ombres flottaient. Elle le cherchait des yeux dans le noir. Elle n'osait pas détailler son visage, sa gueule de Jedi impassible. Tout à l'heure elle s'était appliquée à poser les yeux ailleurs, comme lui, sur les collines, sur la flamme du briquet tout près ou la Grande Ourse très loin. Et cette actrice, la Portoricaine, elle avait quelque chose d'étrange dans le regard, une sorte de strabisme – elle le dévisageait, c'est ça, elle ne le quittait pas des yeux au lieu de fixer, comme tout le monde, la silhouette blanche de George dans la lumière.

La Portoricaine se rapproche de lui. Et le voilà qui éclate de rire, les têtes dansent, les ombres les séparent. Voilà Steven qui vient vers elle, Solange, elle mime un téléphone deux doigts contre son oreille : elle le rappelle. Elle ne veut pas parler avec Steven, elle veut parler avec Lui. Son rire est le seul son dans le vacarme. Son visage ouvert en deux sur des dents éclatantes – tout le monde a des dents éclatantes, il n'est pas envisageable qu'ils n'aient pas tous ici d'éclatantes dents mais ce rire soulève la nuit, fend le brouillard, sa moue de prince galactique est ouverte en deux par le rire destiné à la Portoricaine et elle ne voit – Solange – que la blancheur éclatante de leurs soixante-quatre dents.

« You are from Porto Rico ? » La présumée Portoricaine tourne la tête vers Solange. L'évalue du regard. « I am from Los Angeles, répond-elle, éclatante. Nous sommes tous de L.A., pas vrai ? » *L.A.*, elle traîne sur la voyelle longue, *Ellèèy...* et Solange réalise qui elle est, Lola quelque chose, une starlette montante, née au Surinam ; elle a joué dans *Lost* – Dieu sait ce que les scénaristes lui ont réservé, dévorée par un ours ou broyée par une faille du cosmos – en tout cas elle est à ce stade de la notoriété où *tout le monde* est censé savoir qu'elle a taillé sa route à la machette de sa jungle natale aux collines de Hollywood.

Des bouteilles de Cristal circulent sur des plateaux d'argent. Le prince au long manteau contemple Los Angeles, ou la nuit, ou ce qui l'occupe seul, l'homme à la lourde tête, et qu'elle veut savoir.

Un mouvement tournant les fait refluer vers la piscine, suspendue au-dessus du canyon. La mer est un long trait opaque. Il tourne la tête vers elle. Lentement. C'est presque imperceptible au début. Au bout du mouvement il tient ses yeux dans les siens. Puis – sur un plan de regard parfaitement horizontal – il replonge dans la mer. Ça a été si bref, si précis, qu'elle n'est pas sûre que ça a eu lieu.

Floria et Lilian arrivent et saluent Ted et embrassent Solange. Elle marmonne trois-quatre syllabes pour les présentations. Ted regarde l'homme aux trois-quatre syllabes, puis la regarde. Une autre bouteille de Cristal se matérialise. La fête bat comme une vague, les cercles s'ouvrent et se referment, elle lutte contre des courants. Un petit îlot s'est à nouveau formé et elle est seule avec lui, contre la rambarde au-dessus du canyon.

UN TIGRE QUI DÉFIE
LES LOIS DE LA GRAVITÉ

Ils ne disent rien. Le silence est merveilleux. Si vous vous êtes déjà trouvé dans une maison solide, en hauteur, protégée de la mer mais ouverte à la vue ; si vous avez eu la chance d'éprouver ce silence et cette sécurité, vous savez quel repos intense… vous savez comment Los Angeles… et eux, petits et gigantesques sur les hauteurs du canyon, et la ville étalée et tapie, rageuse et lumineuse…

Il était resté ici avec elle, sous prétexte de partager la bouteille. Au lieu de suivre le groupe autour de George et de Lola. Au lieu de suivre Steven ou Ted ou n'importe quel pourvoyeur de rôle et de fortune et de célébrité. Ou, a minima, d'une conversation excitante. Ou d'une cocaïne correcte. Il reste avec elle. Elle le connaît depuis toujours et le découvre seconde après seconde : c'est *maintenant*, l'à-pic de la vie, l'exploration risquée et la douceur des jours, l'alliance du présent et du à jamais. Elle est ivre. Ils se découvrent des goûts communs.

Il aime lire. Elle s'enhardit, rit de son vrai rire. « Il n'y a rien de plus sexy qu'un homme qui lit. » Elle voudrait développer. Elle voudrait lui expliquer – penché, solitaire, besoin de personne, pris dans un monde mais relevant sa lourde tête et éclairant d'un sourire son entrée, son dérangement bienvenu, bonjour, bonjour mon amour. Elle aurait tant de choses à lui dire. Tant de choses à lui expliquer. Il lit pour un projet qu'il a. Il lit beaucoup sur les plateaux. « Tous ces acteurs qui veulent rester concentrés entre deux prises, tout ce drame de l'Actor's studio, quelle blague. » Il a un rire bref. Ils ne sont pas américains. Il lit la nuit. Elle a une vision de lui enroulé dans un drap blanc, nu jusqu'à la taille et penché, ses longs cheveux glissant sur un livre. Il cite des noms d'auteurs dont elle n'a jamais entendu parler, elle attrape au vol les deux syllabes de Conrad et dégaine des noms français. Il ne rebondit pas. Mais il reste avec elle. Le silence évolue, change de courbe. Il sent bon. Elle a envie de le toucher. Il sent comme une église, comme un temple indien. La Lune est montée. La mer s'est élargie, noire et sans étoiles, un deuxième ciel. Elle cherche un commentaire. Elle voudrait dire qu'elle est venue à Los Angeles pour la mer. À Paris la mer était trop loin ; et petite, déjà, la mer lui manquait. Mais il ne la croira pas. Surtout venant d'une actrice. Il se tient de profil sur le ciel gris charbon. Entre elle et la mer il n'y a que lui. Elle peut le regarder en levant juste les yeux. Un grand front bombé. Des sortes de creux dans la peau, elle voit mal, des cicatrices ? Des yeux invisibles, des fentes. Un nez long et fin, aquilin. Des lèvres larges, bien closes, très en relief. Comment se fait-il, pourquoi ces éléments forment-ils une telle somme de beauté ?

Elle repense aux dessins à l'école : 2, et 4, et 6, en posant les chiffres en colonne on obtenait un profil étrange, cabossé. Elle l'entend respirer dans le silence. Il n'aime pas les bavardes, ça doit être ça. Ou les explications. Il aime aller à son rythme. Ou alors, tout est dans sa tête à elle, et la ville n'est qu'une projection, elle croit y vivre depuis quatre ans mais elle ne fait que flotter à la surface, elle tente d'adhérer à l'illusion que ses pieds tiennent, que le titillement entre le corps de Los Angeles et le sien touche la ville aussi. Elle voudrait lui raconter la semaine où son visage gigantesque est resté affiché au croisement de Sunset Boulevard et La Cienega, pour le lancement de *Musette*. Tout ce qu'elle aurait à en dire, à lui dire, d'inattendu et spirituel. Pas du tout ce qu'il croit, pas du tout une actrice comme les autres. Elle lui redemande une coupe.

« I like the way you say *champââgne*, dit-il, this is so chic, so French. » Elle rit. Il moque l'accent américain, « ils disent *champayne* comme

29

John Wayne ». Elle rit encore. Chaque phrase de lui est précieuse, ouvre un peu sur sa lourde tête. Ses yeux ne disent rien. Il l'a peut-être vue dans *Musette*. Il a peut-être un truc, le truc habituel avec les Françaises.

Un petit groupe remonte vers eux. Parmi tous ces bipèdes il n'y a que George et lui à savoir porter élégamment ce sort qui nous est fait d'être à la verticale. Tous usent de cigarettes, de verres ou de gestes étudiés pour tenir leurs mains de chaque côté du corps. Eux sont simplement debout sur la Terre. Il lui fait penser à quelqu'un mais ce n'est pas à George, malgré l'élégance en commun. Elle tente des moyens mnémotechniques, compare le nez, la bouche, mais c'est plutôt du côté du regard, ou de la stature... ou elle ne sait quoi, une puissante affirmation de soi, un mouvement qui monte dans les reins, le cou colonne grecque – une statue antique, d'un trait l'humanité.

*

On se dirige vers les voitures, George lui prend sa clef des mains, il n'est soi-disant pas question qu'elle conduise, la limousine de George tourne au minibus de luxe. Il n'est pas loin d'elle, à deux sièges, à deux corps, George parle au chauffeur, on n'a pas encore démarré, Ted s'installe à côté d'elle, un joint tourne, la starlette typée cause avec Steven (tête que fera l'agent de Solange quand il apprendra qu'elle a dit à Steven, au grand Steven Soderbergh, qu'elle le rappellerait). Il faudrait qu'elle se couche tôt. On descend un boulevard, ça fait quatre ans mais elle les confond toujours, ça doit être Hollywood Boulevard tout bêtement. On passe devant le Théâtre Chinois, la starlette typée connaît une boîte, le Montmartre Lounge, je rêve, elle prononce *Montt-martt-re* en mettant des t partout. Solange veut faire tourner le joint mais personne n'y prête attention et elle le fume avec Ted. George n'est plus là. Steven non plus. Ensuite il y a une lumière très blanche et beaucoup de monde et un vieux tube de Queen et la voix cisaillante de Freddie Mercury qui fait *don't stop me now – just give me a call* – et qu'il est une étoile bondissant dans le ciel comme un tigre qui défie les lois de la gravité.

like a tiger defying the laws of gravity

L'effet du joint détache toutes les syllabes, sépare la batterie du piano et le piano de la guitare et la guitare de la voix, les trajectoires se disjoignent et rejoignent : harmonie sidérale. Elle n'a jamais tellement aimé Queen mais lui revient une anecdote, disons un fait intéressant, elle se met à crier à son oreille – il est grand mais elle a de très hauts talons – elle crie que Freddie Mercury était un Farsi, un quoi, un Farsi – comment dit-on Farsi en anglais, elle ne voit pas d'autre solution que *Farsi* – de toute façon elle est lancée : une religion fascinante, adorateurs du soleil, strictement végétaliens, n'enterrent pas leurs morts – je m'entends : n'enterrent pas leurs morts mais suivent un rite extrêmement civilisé – il lui demande de répéter, elle s'égosille : les exposent en haut d'une tour, les Tours du Silence – elle hurle – les vautours viennent les dévorer, une vingtaine de vautours ça prend dix minutes pour des os bien blancs, rassemblés ensuite dans la tour, en cercles, système hypersophistiqué, gouttières et écoulements pour les sucs corporels, très propre, je m'entends, beaucoup plus hygiénique quand on y pense que d'enterrer. Le problème c'est qu'il n'y a presque plus de vautours à Bombay à cause de la pollution, alors le voisinage hindouïste incommodé se plaint.

« *Interesting* », dit-il.

Il a l'air de le penser. Ce n'est peut-être pas la conversation idéale mais il la regarde dans les yeux. Ils se décalent d'un même élan pour fuir la musique qui est partout, elle n'entend rien à ce qu'il dit, l'image des corps en décomposition flotte un peu entre eux – « j'ai entendu dire – elle change à peine de sujet – que les éléphants – que les éléphants – sont les seuls animaux à avoir un rite autour de leurs morts ». Elle est pleine d'espoir. L'espoir qu'il lui parle. Les éléphants se balancent en berçant dans leur trompe les blancs ossements camarades. L'espoir qu'il lui explique, qu'il l'emmène, qu'il l'emporte façon éléphant. Mais son visage est redevenu impassible. Presque pierreux.

« Je n'y connais rien en éléphants. » Il a répondu un peu sèchement.

« Je m'y connais bien en Farsi. » Elle rit, faiblement.

Il a gardé son invraisemblable manteau de Jedi et des gouttes de sueur perlent à la racine de ses cheveux, c'est la chaleur dans la boîte ou une sorte d'énervement qu'elle ne reconnaît pas, une fatigue, quelque chose d'impatient et de désolé pour *elle*. Elle n'aurait pas cru, mais c'est peut-être le genre d'homme avec qui il faut faire le premier pas.

Il y a un glissement dans l'espace et le temps, une chute vers l'avant et elle est en train de danser avec Ted. Donna Summer souffle et geint et susurre *ooooohhh I feel love I feel love I feel love*. Ted est hors sujet mais au moins il agit normalement, normalement pour quelqu'un qui a le nez blanc de poudre, il se déhanche, tend la main, lui caresse l'épaule en articulant *I feel love* et elle tournoie sur elle-même. Le Jedi canadien est debout au bar, immobile, les yeux sur rien. Dans les lumières zigzagantes elle le voit se déloger et marcher à travers la piste en direction de la sortie – et il faut qu'elle le suive, elle n'a pas le choix. Le flottement parfumé de son grand manteau l'enveloppe, elle entend la voix de Ted mâtinée de dépit : « You're heading for trouble », qu'elle va vers les ennuis.

TROUBLE

Elle court. Il est à trois mètres derrière elle et le vacarme des balles a quelque chose d'affolant. Ses très hauts talons résonnent dans sa tête, *dam dam dam dam*, comme si elle courait sous son propre crâne. Le maquillage fait une crêpe sèche sur ses joues et elle a une terrible envie de se frotter les yeux. Il court trop vite, on arrive à la marque à gauche, il est trop près, attention marque à droite, virage, les rails. Ses poumons vont éclater. Elle se jette dans l'angle vert, elle crie, Matt Damon saute sur elle et le sang gicle, elle halète, elle meurt – coupez.

Il était trop près ! Évidemment que le figurant était trop près, elle le soupçonne de ne pas avoir idée qu'on court pour les caméras et pas pour l'équipe autour. Sixième prise, une forme d'esclavagisme ni plus ni moins, à la grâce du numérique depuis que la pellicule ne vaut plus rien. *You were great Solange you were superb I love you.* Le metteur en scène en fait un peu trop. La maquilleuse essuie le maximum de sang avant qu'on reparte en cabine et l'accessoiriste râle en lui arrachant la peau sous le chemisier. La costumière au moins est un ange, elle lui a glissé des semelles amortissantes dans ses escarpins, n'empêche qu'elle a deux marteaux piqueurs à la place des jambes. Il lui faudrait un massage entre deux prises. Matt doit l'avoir, lui, le massage. Et son agent qui lui a vendu le rôle en lui disant qu'elle mourrait *dans les bras de Matt Damon* alors que leur interaction se limite à un coup de genou (de lui) dans sa poitrine (à elle). À la première prise la fichue poche de sang n'a jamais voulu éclater, elle est une actrice battue.

Son téléphone indique toujours zéro message.

La costumière découpe le chemisier aux ciseaux pour ne pas déranger la perruque, le coiffeur pulvérise la perruque de laque, la maquilleuse lui protège les yeux et reprend le fond de teint – elle a une tête horrible. Une mine effrayante. Et des marques sur le visage, la maquilleuse bosse dur à l'anticernes. L'accessoiriste revient avec une sixième poche de sang. Il faut aussi changer le soutien-gorge, mais Olga la costumière n'en a plus de ce modèle. On déballe une sixième chemise, Olga donne un coup de fer pendant que Natsumi, l'assistante, court acheter un soutif, on n'est pas dans *Alerte à Malibu*, elle ne va pas galoper sans. Les téléphones sonnent aux quatre coins cardinaux. Sauf le sien.

Peut-être n'a-t-il pas trouvé le Post-it qu'elle lui a laissé avec son numéro ? Ou bien il dort encore, à cette heure ? Le bruit court que la caméra 2 n'a pas reculé au bon moment. Les téléphones vibrent à tomber des tables. Elle éteint le sien et le rallume : il fonctionne. Natsumi revient bredouille, rouge et suante. Pas de soutif en bonnets B : apparemment elle est la seule de cette ville à avoir conservé un volume normal. Dehors, ça gueule. Personne n'a encore mangé. Elle hésite à téléphoner chez elle, sur le fixe. S'il est encore là, est-ce qu'il décrocherait ? Il dormait profondément et elle hésitait sur la formule, le bloc de Post-it à la main : *il y a du café, du miel et des céréales, je te laisse mes clefs pour fermer, donne-les au concierge ou appelle-moi pour me les rendre, voici mon numéro...* Elle le regardait qui dormait. Dans les raies fluorescentes de la rue. Elle a rayé *pour me les rendre.*

Donne-les au concierge ou appelle-moi, comme tu veux, au...

« *Comme tu veux* » sonnait comme une prière. Finalement elle a seulement collé son numéro sur la cafetière, avec les clefs et le miel devant.

« Olga, tu peux m'appeler, s'il te plaît ? » Olga s'exécute : il marche, ce téléphone.

37

On leur a livré des salades au kalé. C'est dur à mâcher. La maquilleuse dit que le kalé contient de la raphanine en quantité nettement supérieure au brocoli, ça fait une peau merveilleuse.

Elle pourrait appeler George pour avoir son numéro, ce serait facile. Mais hors de question. En plus elle ne saurait même pas prononcer son nom.

Elle repense à Bob Evans, le producteur, qui demandait à sa gouvernante de glisser sous sa tasse à café du matin un mémento avec le prénom de la fille dans le lit. Et elle repense à Michelle Pfeiffer, dans *Catwoman*, interrogeant en vain son répondeur téléphonique dans son petit appartement solitaire.

Olga secoue un soutif sous son nez. C'est celui de Natsumi elle-même, un *Princesse Tam Tam* à sa taille, chaud et un peu humide. Elle a le temps de s'allonger sous un plaid avant qu'on l'appelle, attention à la coiffure. On mettra le chemisier au dernier moment. Il y a un problème avec l'angle vert, celui où sera incrusté le tunnel vers l'espace interstellaire, ça remet en cause tout l'axe du plan. Est-ce qu'il prend du café ou du thé, le matin ? Elle aurait dû coller le Post-it plutôt sur la bouilloire. Ou sur la table de nuit ?

Ils auraient dû aller chez lui. À Topanga, c'est ce qu'il lui a dit. Mais ça faisait loin. Aussi bien, il l'attend. Il s'est fait du café. Il a contemplé les photos de la bibliothèque, il a ouvert quelques livres. Il s'est remis au lit. Il bouquine. Est-ce qu'il a remarqué la photo de son fils ? Elle a hésité à l'enlever. Il trouve la maison bien agréable. Il ne répond pas au fixe, il n'est pas chez lui.

Elle a le bout des seins brûlant et ce n'est pas le soutien-gorge. Quand elle courait elle parvenait à ne pas penser. Il était grand, enveloppant, la bouche sur ses seins, les doigts dans ses cheveux, ses hanches aux siennes et comme l'avalant, l'aspirant, la prenant toute, et ses mains l'attirant encore, nuque, fesses, à pleine poigne, la soulevant vers lui et la tenant, la pressant, l'emportant. Elle brûle sous le plaid avec des décharges électriques. C'est un désir qui est fait d'adrénaline. Natsumi et Olga se taisent dans la vapeur de leur thé vert, à croire qu'elles s'endorment. Est-ce qu'elles ont laissé des morceaux d'elles près de quelqu'un, elles aussi ? Sur les chaises pliantes, la projection d'Olga et Natsumi, leur hologramme ; les vraies Olga et Natsumi sont éparses dans quelque lit défait, dans cette ville ou ailleurs, après un homme.

Qu'est-ce qu'elle a ? Qu'est-ce qui lui prend ? Il avait des cicatrices au coin des yeux, des petits triangles bien dessinés, très nets. Elle a tout gardé de lui, les gestes, les mots, le parfum, la façon, le style, et toute cette apparence de lui qui était ce qu'elle pouvait prendre, l'enveloppe, la peau qui entoure et enserre et le retenait là ; elle pouvait le tenir dans ses bras, et elle se disait : il est ici, avec moi, dans moi. Provisions pour la mémoire. Provisions pour la force. Car déjà une autre force le voulait, elle le savait, qui chercherait à le lui prendre, toujours.

Olga, Natsumi, parlez-moi. Regardez-moi. Les étranges et merveilleuses traces sur ma peau sont le signe que je n'ai pas rêvé – non, le signe c'est l'entaille, l'attente, la route ouverte. Silhouettes debout, superposition d'images de films, les routes droites, tranchées, les avions en piqué sur les déserts, les labyrinthes d'où s'évader, les mirages de chaleur sur les voitures épisodiques…

« Solange. *Wake up.* »

… c'est Olga penchée sur elle – une seconde elle a cru à sa mère floue au-dessus de son berceau, très loin. Son téléphone : aucun message. Et dans quelques minutes elle va devoir courir avec des escarpins.

« Tu avais l'air profondément endormie, dit Olga, tu as pris des trucs, cette nuit ? »

VIDÉO

Les clefs sont où elle les a laissées. Le Post-it avec son numéro aussi. Et le concierge lui a dit bonsoir le plus naturellement du monde. Elle a su tout de suite, que l'autre était parti comme ça, sans message, sans rien, en claquant la porte.

Le lit est en désordre mais rien ne traîne, pas de vêtements. Il ne s'est pas fait de café. Il ne s'est pas fait de thé. N'a rien mangé. N'a rien dérangé. N'a pas fait comme chez lui.

Il se réveille, tard. Il s'habille. Il trouve son chemin vers la cuisine qui est aussi la sortie. Il voit le Post-it.

Là, elle n'arrive pas à déterminer l'expression de son visage. Elle n'arrive pas à distinguer.

Ou bien il se réveille alors qu'elle s'en va. Il s'élance pour la rattraper, mais son taxi est déjà parti. Il laisse retomber le rideau. Se recouche. Attrape un oreiller. Se frotte doucement à plat ventre, le nez dans son odeur. Repense à des gestes, à des mots. Ou bien.

Ou bien il commande un taxi, attend à l'entrée de la résidence. Papote avec le concierge. Part elle ne sait où, vers Topanga Canyon.

Elle a mal partout mais elle ressort pour aller voir le concierge. Ils se sont forcément parlé. Ils se sont, au moins, salués. Le concierge est noir lui aussi.

C'est la première fois qu'elle s'en fait la réflexion. Noir, sous sa casquette rouge. Est-ce qu'il a vu, est-ce qu'il a remarqué ce matin (il remarque tout, c'est son job), est-ce qu'un type avec un grand manteau est passé par là ? Elle a l'impression de décrire un voleur. Mais elle ne va pas s'étendre sur sa vie privée. « Il jouait dans cette série, vous savez, *Connection*. » La série a été très populaire chez les Afro-Américains. Et puis un type comme ça ne traverse pas un lotissement sécurisé sans qu'on le remarque. Avec son grand manteau.

Mais il l'avait peut-être plié sous son bras. Il faisait déjà chaud ce matin. Elle reprend. Elle est épuisée. Sa nuit, sa journée, quelque chose l'épuise. « Un très grand type, avec de longues tresses fines. » Elle sait très bien qu'on appelle ça des *dreadlocks*. Mais elle n'y arrive pas. Pas devant le concierge. Elle n'a jamais dit *dreadlocks* de sa vie. Ou peut-être une fois à propos de Bob Marley. « Un grand type avec un manteau. Un grand type de couleur, en jean. » Aucun Noir ne vit dans la résidence. Ni dans tout le quartier, quand on y pense. « De couleur », c'est ridicule. L'inertie du concierge l'énerve. Elle a envie de lui demander à quoi ça sert, d'être concierge. Envie de lui demander les enregistrements des caméras de surveillance.

Savoir à quelle heure il est parti. Quelle dégaine il avait. Quel air, quelle tête. Elle voudrait, elle ne sait pas – parler de lui. Que quelqu'un lui dise : « Je l'ai vu. Charismatique. Énigmatique. Mais ce qu'on devinait, ce qui sautait aux yeux, c'est combien il pensait à vous. »

Elle voudrait le revoir.

Elle va sur YouTube et regarde des extraits de *Connection*. C'est stupéfiant. Lui, tel qu'elle l'a vu la première fois. Sa voix. Ses gestes. Pas son vocabulaire, mais il récite sans effort des chapelets de *motherfucker*. Sa présence. Sa glorieuse présence. Celle qui irradie encore dans la maison. Il était là, ici, dans son lit. Les vidéos ne font que trois minutes. Elle hésite à charger un épisode entier. Il faudrait qu'elle dorme, elle tourne encore demain.

Son nom est là aux différents génériques, avec des orthographes différentes, mais en gros on peut s'accorder sur Kouhouesso Nwokam. Ce qui n'est pas si compliqué. Sur les annuaires en ligne on n'apprend pas grand-chose, rien de sa vie privée. Sur Wikipédia, sa date de naissance : si elle est vraie, il a deux ans de plus qu'elle. Citoyen canadien né au Cameroun anglophone. Elle ne savait pas qu'il y avait un Cameroun anglophone. Des photos sur Google Images, certaines flatteuses, d'autres où il sourit en grand, et ça ne lui va pas ; d'autres où il est plus gros, et ça ne lui va pas mal.

Elle bondit : la clochette des textos.

Natsumi. Elle a oublié de lui rendre son soutien-gorge.

Un extrait d'un film qui a eu un gros succès il y a trois ou quatre ans : *Dazzled*. Il joue un flic. Ça se passe dans une maison ouverte sur la mer. Son collègue blanc, le héros, interroge un dealer menotté qui les injurie. Lui ne fait pas grand-chose : un peu à contre-jour ; sauf que ça va être son tour, il va – pas parler, non, mais il se tourne légèrement vers la baie vitrée – un voile de douceur nimbe soudain la scène, une lumière jaune et poudreuse : un archange fatigué qui secouerait ses ailes. Et il porte sur la mer un regard infini. D'un flic qui s'ennuie, d'un acteur qui pense. Hors de là, hors du film. Un regard sur la mer et elle voudrait être la mer. Un regard sur les vagues et elle voudrait être les vagues. Elle voudrait être le vide, elle voudrait être l'ailleurs, elle voudrait être la chanson qu'il a dans la tête et elle voudrait qu'il la chante, elle, qu'il dérive, oui, mais vers elle ; elle voudrait être cette pensée évasive et déserteuse, cet en dehors du film d'il y a trois ou quatre ans.

Il revient à lui, au film, il dit la phrase qu'on attend, tu vas parler motherfucker, il interrompt le flic blanc qui la joue psychologue et il écrase la tête du dealer contre la table. Ça coupe, elle revient en arrière... là... juste au moment où il va lentement se rapprocher de la fenêtre... là... il s'ennuie... *good cop bad cop...* il s'ennuie pour de vrai, il regarde la mer, il pense à autre chose et le réalisateur a gardé la prise, il a *vu*, c'est pour ces moments-là qu'il filme, le moment où le film s'en va, à la faveur d'une erreur, d'une déprise, d'une faille, d'un ravissement – là : un acteur regarde la mer et sa grâce pulvérise l'image...

Le bougé, le poudreux, les yeux sur l'océan.

C'est comme l'autre soir sur les collines. Le même regard exactement. La même catastrophe, et c'est insupportable, et il faut la vivre, vite.

RENDEZ-VOUS SUR L'AUTRE RIVE

Phrases. Elle se souvenait de ses phrases comme s'il les soufflait brûlantes entre ses seins.

Laisse-moi t'embrasser, t'embrasser encore, j'aime t'embrasser, j'aime le goût de tes lèvres. Je ne veux pas que le jour se lève.

Mais il n'est plus là. Mais il n'a pas appelé.

Let me kiss you, let me kiss you again, I love to kiss you, I love the taste of your lips. I don't want the day to break out.

Ça se passait en anglais. En français, peut-être, ça ne se serait pas inscrit avec une telle force, enfin elle ne sait pas. La phrase surtout qui lui revient sans cesse, cette voix bouleversée, ç'aurait pu être n'importe quelle phrase mais c'étaient ces mots-là dits de cette voix-là : *I want to stay inside you for ever.* Comment dirait-on une phrase pareille en français ? Je veux rester à l'intérieur de toi pour toujours ?

Elle court dans le vacarme des balles et de ses hauts talons, et elle n'entend que ces phrases, et elle ne ressent que le choc dans son ventre de chaque phrase qui l'atteint. Chaque séquence de souvenir la rattrape, et le but – l'angle de toile verte où elle doit s'effondrer, d'où Matt Damon doit surgir – cet angle est un repos, sa pensée s'arrête, son cerveau asphyxié et ses jambes martelées réclament un peu d'attention brute, physique, et elle reprend son souffle en jouant l'agonie. Les phrases, des bribes, des mantras. Et la nuit la reprend, une seule nuit beaucoup plus grande qu'elle.

Le metteur en scène la trouve « *wild, sublime, you're sublime Solange, you're wild* ».

Il s'était endormi d'un coup, profondément. Elle ne dort pas souvent avec quelqu'un, elle n'avait pas prévu de dormir avec lui. Elle le regardait. Elle pouvait le regarder, avec le soupçon qu'il détesterait ça. Son profil long et fin. Son visage de face, étonnamment large. Pas le même homme de face et de profil.

Elle avait envie d'embrasser ses lèvres, son nez, la racine de ses cheveux, les petits triangles étranges creusés dans ses tempes. Son cou large et doux, la peau un peu plissée. L'attache solide des clavicules, la rondeur dure des épaules, des bras, du torse. La peau souple, élastique, lisse, épaisse, sculptant parfaitement ses courbes, ses muscles, ses tendons, sauf dans le cou tendre où se devinait son âge. Un homme endormi dans sa force, épousé par sa peau.

Quelques minutes avant, elle lui disait elle aussi une phrase, elle lui disait : « *I love your skin.* » J'adore ta peau, et c'était vrai, elle l'adorait, elle l'embrassait et la caressait, épaisse, souple, lisse, cette phrase de sa bouche un baiser se posant, un papillon.

Il avait eu un frisson brusque ; s'était dégagé, reculé d'un rien mais c'était une grande distance, une grande distance de sa peau à la sienne. Il avait dit : « *I know nothing about skin.* » De la peau je ne sais rien. « *Skin is contact* » : elle parlait de ça, c'est tout. La douceur de leurs deux peaux l'une à l'autre frottées, appariées : ce contact.

Il l'avait reprise, absoute, embrassée comme s'il estimait sa réponse valide. Et il s'était endormi (elle est empoignée par Matt Damon qui écrase son genou entre ses seins et le sang gicle), et elle pouvait le regarder. Le contempler. Il était brun cuivre, chocolat, le creux du cou presque noir, l'intérieur des mains presque rouge, la plante des pieds orange ; et elle était beige pâle, bleutée aux poignets, rose pâle aux seins, brun mauve aux aréoles, un hématome un peu vert au sternum. Elle était blanche et elle ne le savait pas.

On la refait, on la refait tout de suite, on reprend, Matt et Solange, la coulée de sang, Hollywood, elle dit sa phrase, accent français exagéré : « *See you on the other side.* » Sa seule phrase mais c'est le titre du film. Il s'élance vers le tissu vert et vous verrez, au cinéma, ce sera l'entrée fabuleuse d'une faille de l'espace-temps et elle restera allongée sur le seuil, morte.

On la refait. Matt se repositionne sur sa poitrine, la balle vient de claquer, elle est mourante, Natsumi arrange un peu sa tenue, elle a le pelvis de Damon exactement devant sa bouche, c'est bizarre mais elle a l'esprit mal tourné, regard pathétique, caméra très proche côté droit, preneur de son idem, elle est entourée de pieds et de genoux, ça tourne : *si iou on zi ozer saïde*, on se reverra de l'autre côté. Coupez. Il faut qu'elle force encore l'accent, et le souffle, et la fragilité. Elle, elle voulait jouer avec Desplechin, avec Carax, avec Noé, mais aucun ne lui a jamais fait signe, elle se souvient d'attendre après un pseudo-casting alors que les jeux étaient déjà faits, maintenant c'est elle qui dit les titres des grosses machines hollywoodiennes et elle est payée cinquante mille dollars les deux jours de tournage et elle les emmerde. Légère impatience dans les doigts de Damon, elle se concentre. Il y a des femmes qui le trouvent beau, Damon. Elle le trouve blanc. *See you on the other side*, elle a dit la phrase d'un air de flûte, mélodie ascendante, comme une question : c'est la bonne, le metteur en scène adore.

*

Olga la débarbouille, elles sont lessivées. Natsumi et la maquilleuse sont déjà parties. Deux messages sur son téléphone : un bisou de George, et un coucou de Lloyd, son agent, pour savoir si tout s'est bien passé. C'est gentil.

Olga lui masse le visage au gel démaquillant. Miroir. La nuit tombe.

« J'ai rencontré quelqu'un. »

« *How nice* », dit Olga. Comme c'est chouette. Elles rivalisent d'abord d'exclamations toutes faites, figées et caoutchouteuses comme du fromage à burger. Puis ça fond un peu. Son visage coule sous le gel blanc, ses yeux percent dans le rimmel dilué, sa bouche rouge énonce : « Il ne m'a pas rappelée. » Ça fait combien de temps, demande Olga qui l'essuie au coton. Deux jours. Olga sourit : deux jours ce n'est rien, les hommes, les hommes. Mais ce n'est pas ça – elle se débat sous les cotons, se tourne vers elle, Olga, pas son reflet : il s'est *vraiment* passé quelque chose, une – elle cherche le mot – une connexion.

Toutes ces phrases qu'il lui a dites. Elle ne les convoque pas, elle les laisse flotter entre Olga et elle. La gelée de phrases, tremblotante et translucide, à travers laquelle Olga les devine, elle et lui. Les distingue, pris dans l'ambre des phrases, dans la lumière nocturne et dorée. Les voit, pris dans l'amour.

Non, il lui manque un élément.

« *He is black.* » Il est noir.

Olga ne comprend pas. « Il est noir, elle répète, *he is a black man.* » Pourquoi a-t-elle besoin de lui signaler ça, quel rapport avec l'histoire ? De quelle nuance elle se mêle, à quoi elle la mêle ? Cette gêne dans le corps, dans la gorge ; cette fatigue. Olga recule un peu. Elle revoit Kouhouesso mettant entre elle et lui une petite distance, pas grande, mais mesurable – voilà : c'est cette distance exactement qu'a prise Olga d'instinct, une distance tangible, ça va d'ici à là dans l'espace, longitude latitude, ça se calcule en coordonnées. Comparée à l'océan ou même à la Californie ça n'irait pas bien loin, mais rapportée au corps humain ça s'appréhende, c'est la mesure du blanc au noir, c'est la mesure des lieux communs avec lesquels, depuis deux jours, elle bataille.

Olga est asiatique. Ça lui saute aux yeux. Ses yeux, ses cheveux. Une belle tête de Hun. De ce quelque part en Asie où les noms sont en *-stan,* de ce gros ventre sous l'Oural où on croit

51

encore à l'Europe mais où il y a des déserts et carrément des chameaux. Pourquoi n'a-t-elle pas pris pour confidente, je ne sais pas, Natsumi ? Non. Natsumi est *jaune* elle aussi. Elle a la peau très blanche mais elle n'est pas blanche, elle est japonaise, d'*origine japonaise* comme on dit en France ; elle y serait plus qu'une Chinoise et beaucoup plus qu'une Arabe mais moins qu'une Espagnole et même moins qu'une Portugaise.

Olga regarde Solange et son reflet, chacune à leur tour. Le gel démaquillant a fondu et Solange apparaît nue, transparente, et il lui semble qu'Olga devine ses pensées. Qui lui remontent d'elle ne sait où, du fond bourbeux de son village, loin de Los Angeles mais tapies dans l'occiput – et elle voudrait s'excuser, lui dire nous sommes tous pareils. Elle voudrait s'ouvrir la peau pour lui montrer l'universelle couleur Benetton de son sang.

Olga sourit mais hésite, apparemment, à poser une question. En cette fin de journée où elles partagent une bouteille de merlot dans la cabine, en cette heure où tout le monde s'en va, même à cette heure : Solange est sa supérieure. C'est Solange à l'écran, c'est gros budget, c'est la Warner, c'est à elle que la star fait des bleus. Olga a une petite moue, mi-réprobation mi-malice : « Did he have a big one ? » Elle rit, la main devant la bouche. S'il en avait une grosse.

DANS LA LUMIÈRE NOCTURNE
ET DORÉE

Elle ne dormait pas. Il ne lui semble pas. Ou elle était dans des rêves qui lui laissent au réveil l'image d'un monde logique. Et le téléphone sonne et elle sait que c'est lui :

« *Hey.* »

C'est lui.

Le cisaillement dans la poitrine et se demander s'il dit *hey* parce qu'il a oublié son prénom. « Hey », à son tour.

Essayant de ne pas s'exclamer. Donc il a noté son numéro. Il n'a pas pris le Post-it sur la cafetière, mais il a noté son numéro. Cherché un papier et un crayon, fait cet effort. Non, elle est bête, il a dû l'enregistrer directement sur son portable.

Il lui demande s'il la dérange. Ce n'est pas exactement une formule de politesse, il est deux heures du matin. Questions, réponses, stratégies et réactions possibles – qu'importe : sa poitrine explose de joie. Elle dit : « Non ça va. » Elle a la voix enrouée.

« Je peux passer ? » « Oui. »

Voilà. C'est tout. Il a raccroché. Elle a bu un verre d'eau.

Aujourd'hui encore elle frotte ce souvenir contre sa mémoire et il en sort du chaud, du rouge. Des fulgurances de joie. Elle se revoit, elle se re-sent, entrer dans l'attente comme dans une mer effervescente. L'attendre merveilleusement.

S'il vient du fond de Topanga, elle a près d'une heure devant elle. Elle a dû dormir un peu : dans le miroir elle a cette pulpe du sommeil aux paupières et à la bouche. Elle se coiffe en laissant un peu de désordre. Pas de maquillage. « Saut du lit. » Elle est nue sous son peignoir. C'est *too much*. Elle a une collection de nuisettes françaises, toutes simples, en coton, le genre dont les Américaines ignorent à quel point c'est sexy. Mais il n'est pas américain. C'est quoi, pour lui, une femme sexy ? Elle va rester pieds nus, en jean, avec un pull à même la peau. Genre je bouquine tranquille. Après tout elle est chez elle.

Elle fait chauffer de l'eau. Non, plutôt ouvrir du vin. Du saint-émilion que son père lui envoie pour Noël. Se parfume légèrement, hésite à reprendre une douche. Est-ce qu'elle n'a pas un peu transpiré, sur ce coup de fil ? Quoiqu'il y ait des hommes pour aimer ces odeurs. Elle aussi, d'ailleurs. Musique. La musique qu'elle aurait mise ce soir si elle avait, au lieu de se coucher, lu au salon en tenue d'intérieur. Qu'est-ce qui lui plairait, quelle femme écoutant quelle musique lui plairait ?

Il va la prendre comme elle est. À deux heures du matin. Elle hésite. N'allume pas de bougie. La situation est on ne peut plus claire, inutile d'en rajouter. Ne met pas de soutien-gorge. Une femme chez elle ne met pas de soutien-gorge. Sauf cas extrême. Elle a une poitrine de Japonaise, elle espère que ça ne lui déplaît pas. Kouhouesso. Quel nom quand même. Kouhouesso Nwokam.

Quel bonheur. Quel bonheur d'avoir rendez-vous. Il va venir. Cette certitude.

Elle est prête.

Elle arrange son bouquet de pivoines, coupe un peu les tiges, change l'eau. En profite pour nettoyer la table basse.

Elle s'allonge sur le canapé. Elle a chaud. Il devrait être là. Elle se relève. Attrape un livre.

Se rallonge. Elle essaie de lire. Il a peut-être changé d'idée. Ce serait terrible. Peut-être été retenu ailleurs. Ou renoncé, à cause de l'heure ?

Elle envoie un texto. Sans réponse. Plus tard elle s'endort brièvement. Plus tard, elle sait qu'elle arrive au bord d'une falaise. À la pointe de l'attente. La pointe est logée dans sa poitrine. Elle la sent, rougie au feu. Le bord de la falaise est un fil très étroit, une lame en métal. Elle brûle. Il est presque quatre heures. Elle reprend son téléphone, il a bien appelé, elle n'a pas rêvé, c'est écrit sur l'écran. Cette courte conversation. Elle enregistre son numéro dans ses contacts. Kouhouesso. Kouhouesso Nwokam.

C'est le début de l'après-midi en France. Elle marcherait. Dans les rues de Paris. Dans la liberté des rues de Paris. D'un simple trait de jupe et de talons, déliée de tout, abstraite. À cette heure-ci en France, Rose travaille. Texto à Rose. Réponse : rappeler plus tard sur Skype. Mais la clochette de la réponse, déjà, lui fait du bien. Elle n'a pas disparu, dans sa maison perchée de Bel Air. Elle ne s'est pas pulvérisée quelque part entre l'Europe et l'Amérique. À la jointure des continents. Séparée par deux failles, celle qui fend l'Atlantique, et celle qui un jour détachera la Californie du reste des vivants.

Kouhouesso. Kouhouesso Nwokam. Elle n'avait jusque-là guère pensé à l'Afrique, sinon pour envoyer un chèque. L'Afrique et ses enfants faméliques. L'Afrique et ses massacres à la machette. L'Afrique où son père est né mais il n'en parle jamais. La grosse goutte de terre étrangère qui pend au bas de l'Europe : pas sur ses trajets. Elle a fait une pub à Moscou. Gagné vingt mille dollars pour une apparition d'une heure à Hong Kong. Reçu un prix pour *Musette* au Japon. D'Est en Ouest et d'Ouest en Est, mais jamais au Sud.

Elle allume son ordinateur, cible l'Afrique par satellite. Le Cameroun est au fond d'un angle droit, un pays parmi d'autres. La partie anglophone n'est pas indiquée. Une bande de brume suit la côte, Nigeria Bénin Togo Ghana Côte d'Ivoire Liberia, un chapelet de lagunes et des villes qui ont des noms comme Anohé, Tegbi, Yemorasa, Akwidaa, Sassandra. Au cap des Palmes on plonge dans l'océan. Si on part dans l'autre sens, plein Est, on entre dans le vert. On arrive au Congo. Ça descend très au Sud. Il y a des fleuves larges avec des îles ovales qui flottent comme des feuilles d'arbre. Elle apprend qu'il y a deux Congo. L'application ne sait où fixer la frontière entre le Congo Kinshasa et le Congo Brazzaville. Les deux villes, B et K, se font strictement face des deux côtés du fleuve, mais plus loin chaque rive est surlignée d'un rouge conflictuel. C'est comme si les îles flottaient sans pays, comme si le fleuve glissait apatride entre ses rives. Très large, mais pas plus large (elle fait tourner la Terre du doigt) que la Gironde à son embouchure, quand depuis le Médoc on voit les lumières de Royan, loin, par-delà le gris.

Le visage de Rose apparaît en haut de l'écran, *bilibili*. Rose est dans son bureau du Centre médico-psychologique du boulevard Ornano à Paris. Elle n'a pas dû avoir le temps de déjeuner. Elle, elle est en nuisette sur les hauteurs de Bel Air. Le jour et la nuit au même moment. On ne s'habitue pas, à vrai dire. Rose la regarde : « Tu es belle, dis donc. » Solange regarde Rose, sa meilleure amie depuis vingt ans. Essaie de lui transmettre télépathiquement ce qu'elle voudrait lui dire. Kouhouesso Nwokam. Se demande si ça fonctionne entre elles, ce que Rose appelle le transfert. Rose le lui a décrit comme une émission d'ondes radio entre psy et patient, à double sens et permanente, et où qu'on soit sur la planète.

Kouhouesso Nwokam. Télépathiquement Kou-houesso Nwokam. Un peu difficile, sans doute. Arriverait-il, enfin ? L'image oscille et grésille, des vents de sable soufflent, des câbles énormes ont été jetés au fond de l'océan pour que Solange puisse parler à son amie Rose : « Tu en penses quoi, je m'adresse à la psy : un homme qui couche avec toi et a l'air de trouver ça bien, mais qui ne te rappelle pas, et puis quand il te rappelle, il te fait attendre encore ? » « Quelle heure est-il ? » demande Rose, sans qu'on sache si elle s'inquiète de son amie ou de son prochain patient.

« Quatre heures. »

Quatre heures de ce côté du globe. Du matin. L'horizon est bleu-mauve sur Bel Air.

Rose de l'autre côté de la Terre lève les yeux à son ciel pâle. Solange se hâte : « Cette fois ce n'est pas pareil, ce que j'éprouve – admettons même que lui ne l'éprouverait pas – est rare, est précieux, ne m'est pas arrivé depuis longtemps, peut-être depuis notre adolescence, bien que – elle l'arrête tout de suite – je n'ai pas envie de revenir sur cette période. »

Rose dit : « Attendre est une maladie. Une maladie mentale. Souvent féminine. »

Solange dit : « Ce que j'éprouve j'y tiens si fort que je peux bien attendre, je peux bien attendre un peu. Même l'attendre c'est bon. Et puis il n'est pas comme les autres, comme d'autres auxquels tu penses, on n'est pas dans la répétition. »

Elle n'a pas envie de lui dire qu'il est noir. Ni qu'elle le connaît depuis trois jours. Traversée par plusieurs idées. Plusieurs détails. Sur un divan elle n'aurait su par quoi commencer.

Elle a cette image soudaine : sainte Thérèse statufiée par le Bernin, sous le feu de multiples rayons, chacun aigu mais exquis, chacun la ramenant vers lui. Lequel suivre en premier ? Lequel déplier ? Rose ne pourrait pas comprendre. Elle émettrait, au pire, un poncif. Même un étonnement serait blessant. Il était noir, on n'allait pas en faire un fromage ? Dans le village où elles étaient nées, tout le monde était blanc ; sauf – quand elle y pense – Monsieur Kudeshayan, l'épicier. Qui n'était pas exactement noir : sa peau était plus foncée que celle de Kouhouesso, d'un gris anthracite, d'un gris de mine, mais il était du Pakistan ou quelque part par là. On ne les dit pas noirs, ces Noirs-là. Bizarrement.

Il a peut-être eu un empêchement. Mais il aurait pu la rappeler. Il s'est peut-être endormi. Il n'a quand même pas eu un accident ? Une autre des idées qui lui vient – est-ce que les Noirs n'ont pas tendance à être en retard ? Est-ce que les Africains n'ont pas un rapport au temps disons un peu particulier ? Le rayon la troue. Est-ce une pensée raciste ? Est-elle sous un bombardement de rayons racistes ? Est-ce que Kouhouesso est noir au sens de – est-ce que Kouhouesso c'est les Noirs ? Comme elle, elle serait les Basques ?

Elle aimerait parler de ça avec quelqu'un. Elle aimerait parler de ça avec lui. Elle aimerait aller au *Basque* avec lui, au coin de Vine et Hollywood. Elle voudrait lui parler d'où elle vient.

Et aux femmes, hein ? Est-ce qu'ils n'ont pas un rapport un peu particulier aux femmes ?

Les rayons c'est la foudre. Et est-ce que Rose ne pourrait pas l'accuser – disons réduire son attirance au seul fait indéniable qu'il a la peau d'une couleur foncée, et avec un nom pas possible en plus, en tout cas africain, est-ce que Rose pourrait microscopiser son désir fou pour cet homme inespéré au stupide petit fait têtu qu'il est noir ?

*

Il a sonné. Lui.

L'objet précis de son attente – lui, *ici*. Lui et pas un autre. L'attente était tellement vaste qu'il en était pour ainsi dire dissous. Devenu – lui, cet homme – impossible. Une constellation dont l'existence est connue, visible dans le ciel, mais inatteignable et, de ce fait, abstraite et, à la longue, indifférente.

Elle avait l'impression étrange d'un contentement possible avec autre chose, avec quelqu'un d'autre, un autre homme ou même un film qu'elle aurait choisi. De quoi aurait parlé le film ? Et quel autre homme – aurait-il été *noir* ? La question exaspérante lui était posée comme en rêve, involontairement. Une foule en colère la gueulait poing levé sous ses fenêtres mentales. Une foule mécanique, avec de grandes clefs dans le dos.

Lui. Il était *là*. Voulait-il un café, de l'eau, du vin ? Il choisit le vin. Ou un jus d'orange ? Elle avait de très bonnes oranges. Elle disait n'importe quoi. Le cœur lui battait dans la gorge. Elle ne s'habituait pas. *Lui.* Il se servit lui-même du vin. Ne parlait pas de son retard – était-il en *retard*, d'ailleurs ? Au fond, avait-il fixé une heure ? Il était assis là avec naturel, son champ magnétique déployé autour de lui comme une cape, et elle ne savait plus très bien pourquoi elle avait mis une telle force à l'attendre ; pourquoi elle ne l'avait pas attendu simplement, comme on attend quelqu'un qui va venir, quelqu'un qui va sonner et s'asseoir avec son verre, son naturel, et son manteau psychédélique.

Elle avait faim. Une autre image, absurde, se superposait, de cette Éthiopienne longue et maigre qui s'appuyait à un arbre et en mangeait l'écorce, un jour à la télé. Le Cameroun anglophone elle n'avait pas d'image.

Il lui parlait. Elle ne l'écoutait pas. Elle se levait pour attraper des pistaches. Elle l'avait tellement attendu qu'elle continuait à l'attendre. L'attente allait sur son erre, comme un bateau. Elle était dedans. Et lui assis sur son canapé au milieu de la mer, flottant, verre à la main, et prêtant une attention distraite et charmée à ce paquebot qui passait, plein de passagers discutant furieusement.

Est-ce que je suis amoureuse de lui ? Est-ce que c'était ça l'amour, cette façon d'attendre et, maintenant, de regarder bouger les belles lèvres sur les belles dents sans écouter ? Elle avait envie de l'embrasser. Il parlait avec animation, élocution ardente, rondeur un peu mouillée et gravité de gorge. Comme si l'intensité de son premier silence vibrait désormais dans ses mots.

Puis elle s'aperçut qu'il était ivre. Comme la première fois. Mais elle, elle ne l'était pas : elle n'avait pas accès exactement à ce qui l'enflammait. Elle était la spectatrice au ralenti d'un film en accéléré. Ou peut-être avait-elle simplement sommeil.

Elle regardait cet homme magnétique assis chez elle à quatre heures du matin et elle se demandait si c'était ça, ce qu'elle voulait. Elle voulait qu'il l'embrasse. Tous les hommes veulent l'embrasser. Les timides boivent mais ensuite, normal. Un homme normal l'embrasse. Même ses copines moins belles, ses copines pas actrices, lui racontent comment sont les hommes et ils sont comme ça. Surtout à une heure indécente chez une femme en nuisette à qui on a déjà dit des phrases enivrantes.

LES MOLLETIÈRES DE LAITON

Il lui parlait du Congo. Pas n'importe quel
Congo, pas le petit de Brazzaville, non, le grand
de Kinshasa, où très vite il n'y a plus de route
mais les longs bras du fleuve, ceux que trois
heures avant elle regardait sur Google Earth. La
coïncidence la troublait. Elle allait lui causer des
îles – mais il avait pris souffle pour ponctuer un
nouveau développement. Il parlait de *Cœur des
ténèbres*. Il racontait le roman de Conrad. L'histoire d'un homme qui cherche un homme.
Marlow qui cherche Kurtz, un ancien officier
de la Coloniale, « le démon d'une folie rapace
et sans merci ». Le Congo de Conrad qui est
« quelque chose de grand et d'invincible, tel le
mal ou la vérité ». Et l'Europe – une Europe
blafarde, la prémonition des génocides. Il lui
citait l'Africaine « ornée de charmes » « aux
molletières de laiton » (et elle vit la sorcière de
Kirikou). Il lui citait la « Promise », « très pâle »,
blonde et diaphane (et elle se vit elle). Était-
ce un roman raciste ? Non. Mais il était temps
qu'un Africain s'empare de Hollywood. Il était

temps de reprendre à l'Amérique l'histoire des peuples.

La fatigue la prenait. Est-ce qu'on ne pouvait pas avoir une conversation *normale*? – mais il continuait : il voulait adapter *Cœur des ténèbres* au cinéma, faire autrement que Coppola avec son *Apocalypse Now* et en tout cas *sur place* – un projet de dingue, il en était conscient, son premier film comme metteur en scène et une ambition équatoriale, transporter une équipe au cœur de la forêt et gravir là-bas le monument du livre. Coppola était allé aux Philippines pour tourner le Vietnam, lui irait au Congo pour tourner le Congo.

Elle l'interrompit. Elle ne l'avait pas lu mais est-ce que ce n'était pas un peu cliché, *Cœur des ténèbres*? Est-ce que ce n'était pas la *tarte à la crème*, pour l'Afrique ? Il protesta. Ce qui l'intéressait, c'était justement le stéréotype, *the ultimate cliché*, ce que les Blancs voyaient quand ils pensaient Afrique : l'obscurité et les éléphants.

Est-ce qu'elle était les Blancs ? Ce rayon-là lui transperça la poitrine. Est-ce qu'il la voyait comme une Blanche ? Est-ce que – pire – il était là *parce qu'*elle était blanche ? Elle avait déjà été aimée pour ses fesses, pour son talent, pour sa notoriété, jamais pour sa couleur. Ou bien tous les hommes, tous les Blancs qui l'avaient désirée jusque-là ne l'avaient fait qu'*à cette condition* qu'elle était blanche ?

Elle détourna la tête et surprit leur reflet. Dans la baie vitrée sur fond de nuit, un homme et une femme penchés l'un vers l'autre, et leur beauté la saisit. La courbe de la femme et la ligne de l'homme, elle allongée, lui assis, classiquement beaux, minces et hollywoodiens, elle de face et lui de profil, clic clac, yin yang : tous les deux parfaitement assortis. Des femmes, il pouvait en avoir de toutes les couleurs. Des hommes si ça lui chantait. La Terre entière voulait peut-être coucher avec lui, mais il était là avec elle.

Elle eut un mouvement vers lui. Il continuait à parler. Il la visitait de son regard étrange, posé à la surface de sa nuisette comme parcourant une topographie. Le Congo, par surprise et comme négligemment, s'était laissé asservir. La Belgique était une tique au flanc d'un géant, et qui sait encore la situer quand les humains contemplent dès l'enfance la tache verte, étalée, qui fait le centre de l'Afrique ? Il décrivait, avec des gestes circulaires, comment plan après plan, *mise en abyme après mise en abyme*, son film deviendrait de plus en plus claustrophobique, « un enfouissement au centre de la terre ». Et tout à coup elle eut le faible espoir que quelqu'un sache – lui, peut-être – sache enfin : où se trouve le centre du monde. Elle avait cherché, partout et chez les hommes, ce centre, cette intensité. À l'écouter ça se trouvait là-bas, au fond des Congos. Avec lui.

Il était impétueux, amer, et savant. Elle voulait goûter à cette saveur-là, elle voulait qu'il se taise mais qu'il lui parle encore, elle voulait dévorer sa bouche. En France, quand un homme explique longuement quelque chose à une femme, c'est d'abord pour coucher avec elle. Elle ouvrit une autre bouteille. Elle n'avait pas songé à assortir son vernis à sa nuisette, rose foncé sur rose chair – enfin comment fallait-il dire : rose chair-de-blanche ?

« À vrai dire (commença-t-elle) ça m'était sorti de la tête, par exemple, que la Belgique avait envahi le Congo. »

« Pas envahi : colonisé, violé, coupé, saigné. Quinze millions de morts. Et la France. 20 000 morts pour la seule voie ferrée du Congo-Océan. »

« Tant que ça », soupira-t-elle. Son living s'était rempli de crânes.

Il consulta son téléphone – elle eut peur d'un texto, d'une autre femme – mais il se mit à lui lire, en mémoire sous l'écran, la première page du roman de Conrad : une Londres ténébreuse, la Tamise, un deux-mâts dans la nuit. Il voyait un premier plan très sombre, ciel noir, et en fondu on gagnerait la mer…

« Et tu vas trouver à produire ça ici, à Hollywood ? »

Il marqua un temps, un temps d'acteur.

« Tu sais qui jouera Kurtz ? »

Un nouveau rayon l'éblouit. Elle comprit.

« George. »

« Et à ton avis, qui va jouer la Promise ? »

Ses lèvres se tendirent sous un afflux de sang, elle sentit le désir les gonfler et la soulever, elle, vers lui, vers le ciel, un avenir baroque, une expédition au Congo, un tournage effrayant et merveilleux.

« Gwyneth Paltrow. »

Elle se leva. Il y a toujours de grands moments de déconvenue, dans la vie d'une actrice, des duperies, des marchandages truqués, des trahisons nocturnes et des goujateries. Elle enfila un pull. Un de ses ongles était éraflé. Il lui venait un regret enfantin, la pensée puérile que si elle avait assorti ses ongles à sa tenue, il lui aurait proposé le rôle.

Il lui expliquait le montage financier, l'argent que mettait George, et peut-être Studio

Canal, et un producteur de Lagos, et jusqu'aux Africana Studies de UCLA. Pourquoi avait-elle à ce point envie de pleurer ? Elle avait toujours envie de ses lèvres, c'était ça l'exaspérant, c'était ce désir enragé. Ça ne se ferait jamais, son machin. George avait toujours de ces idées philanthropiques, et puis ç'aurait été le contre-emploi le plus insensé de sa carrière – George en méchant ? Mais il y avait le défi, pour un grand comme lui, de succéder à Brando. Même dans une production déglinguée au fin fond de la jungle.

Et ça ne serait pas une production déglinguée. Avec George ça atterrirait sur les écrans du monde entier. Un OVNI sublime. Un grand film d'aventures, mais un peu arty. Une grosse machine enfin confiée à un Africain avec la touche tout-sauf-vulgaire que George sait donner à Hollywood, et qu'a aussi cet homme, Kouhouesso, *yeah baby he's got it.*

Gwyneth Paltrow ? Cette asperge carencée ?

Elle posa ses lèvres sur les siennes. C'était comme embrasser un bouquet de pivoines. Charnues, pulpeuses et perlées de fraîcheur. Des pivoines gorgées d'une liqueur forte, des fleurs mâles et douces, intoxicantes.

Elle ne voyait plus son visage, ni ses yeux divagants. Leurs reliefs s'annulaient, chaleur cyclope et bouches mouillées. Il voulait parler encore, mais moins. Sa bouche éclosait hors de ses joues râpeuses, ses lèvres en étaient encore plus douces et elle fondait, molle et dure et tendre et tendue. Il s'écarta une seconde et elle crut qu'il allait encore l'évangéliser avec le Congo mais non. Il la regardait. Il avait l'air heureux.

Allongée contre son grand corps, nuisette par-dessus tête, elle touchait à nouveau cet homme qui lui parlait d'elle, qui lui disait les phrases merveilleuses, qui s'enfouissait en elle pour reculer comme à regret ; et elle le retenait, au point que leur étreinte était un infime bougé, une intensité, rien de démonstratif. Il en fallait très peu, très peu pour demeurer dans cette apnée merveilleuse où elle ne l'attendait plus – c'était lui, qui l'attendait.

Plus tard sa cuisse était posée sur sa cuisse, et son bras sur son bras, et elle était si blanche et lui si noir que ça la faisait rire, c'était charmant, appétissant, quasi pâtissier ; les corps se terminaient si nettement, se touchaient si franchement, s'arrêtaient et reprenaient exactement où les fermait la peau, et on avait envie de recommencer juste pour ça, pour vérifier encore qu'ici c'est moi et là c'est toi et que nous pouvons nous trouver et jouir de ça, précisément ça, la différence décorative, inventée exprès pour faire joli. Et il riait de la voir rire et elle se disait s'il rit c'est qu'il m'aime. S'il rit c'est que nous continuerons à rire et à jouir.

Les corneilles appelaient sur les fils électriques, le ciel était d'un bleu de lait. Leur reflet avait disparu, dans la baie vitrée. Il ne restait d'eux que leurs corps réels, il ne restait d'eux qu'eux deux. Leur image s'était repliée où vivent les images, dans les plis des collines de Hollywood, dans l'ombre.

II

ET VOUS FANTÔMES
MONTEZ BLEUS DE CHIMIE

La lumière la réveillait, et l'émotion d'être contre lui. Elle ne dormait jamais longtemps. Elle respirait l'odeur divine de ses cheveux. L'encens de sa cathédrale de cheveux. De ses *dreadlocks*. Elle les laissait l'entourer, l'enlacer. Ça grattait un peu, les bouts piquaient, ça roulait comme des perles dans le lit. C'était ça qui laissait les marques, le matin, gravées dans sa peau. Dans la journée elle observait leur lente disparition, comme des alliances secrètes autour de ses bras, de ses épaules, de ses reins.

Près de la tête, c'était doux et pelucheux. Ce n'étaient pas des tresses, non. C'était de fins rouleaux. Elle le regardait, ce prodige, pris aux draps de son lit. Il lui semblait parfois qu'une créature tentaculaire la tenait de partout. Elle n'osait pas bouger, de peur de le réveiller.

Doucement elle attrapait un livre. « Et vous fantômes montez bleus de chimie… » Des années d'école et de profs, à Clèves puis à Bordeaux, et elle n'avait pas lu Césaire, elle n'avait pas lu Senghor ; encore moins Achebe ou Soyinka. Les deux derniers elle n'avait même jamais entendu leur nom. Il avait fallu qu'il lui épelle. Elle s'était sentie analphabète. Et elle ne connaissait pas Fanon – elle, la Française ? Ni Tchicaya U Tam'si, du Congo ? Ni Sony Labou Tansi, de l'autre Congo ? Encore moins Tsitsi Dangarembga, du Zimbabwe ? Ou Bessie Head, du Botswana ? (Où diable était le Botswana ?) Elle lisait en anglais ce qu'elle ne trouvait pas en français. Elle lisait à ses côtés, en silence, des heures. Elle cherchait des réponses. Elle cherchait le livre qui raconterait leur histoire. Qui lui dirait l'avenir. Elle essayait de lire avec son regard à lui, de deviner ce qu'il avait aimé, ici, là. Ce personnage de femme ? Il dormait tard. Il s'endormait tard.

Elle avait caché la photo de son fils. Finalement. Après hésitation. Sur la photo il n'avait que cinq ans, certes il ne la vieillissait pas. Un jour bien sûr elle lui en parlerait. On y viendrait. Mais tout ce temps du village et de Bordeaux et de Paris et même de Los Angeles – c'était comme si avant lui, il n'y avait rien. Comme si le temps commençait avec les matins contre lui. Qu'avait-elle fait, toutes ces années ? Avant cette intensité ?

Il y avait d'autres photos, de Rose et elle, ou de son frère en noir et blanc, mais – à supposer même qu'il les ait remarquées – il ne posait pas de questions. Elle regardait son fils sur la photo, avec son visage de là-bas, de ce temps-là. De l'époque du vélo à petites roues. Elle était où – à Paris. C'était le temps, étrangement, de cet autre amant, Brice. Qui lui revenait en mémoire seulement maintenant – pas Brice, mais le fait qu'il était noir. Ça n'avait aucune importance, la couleur de Brice. Était-ce bêtement parce qu'il était très clair ? Ou parce qu'il était comme elle, français ? Son accent antillais, sa famille aux îles, c'était – anecdotique, cosmétique. Elle s'en fichait. Ils passaient leur vie en boîte à claquer l'argent des pubs de ces années-là. Ils dansaient. Il était beau, il avait vingt ans, des cheveux peroxydés, très courts. Seuls l'intéressaient les castings. Pour eux le noir c'était la mode, la nuit, Thierry Mugler, Nick Cave, Tim Burton, les derniers échos de la New Wave. Un souvenir tournoyant et léger, comme une robe. Et noir, peut-être ne l'était-il pas, à sa façon. Elle se souvenait surtout du fait qu'il aimait les garçons. Les filles, mais aussi les garçons. Quand il l'avait quittée, elle n'avait pas été très malheureuse, mais elle avait maigri. Elle s'était, brièvement et avec affolement, intéressée à ses origines. À l'époque les Haïtiens, les Héroïnomanes et les Homosexuels était seuls supposés avoir le sida. Haïti/Antilles, pour elle c'était pareil.

Ce n'était pas le sida. Elle l'avait oublié. Et elle avait oublié qu'elle avait eu, finalement, au moins un amant noir. Brice était incolore, comme elle à l'époque. Leur différence pigmentaire n'avait rien d'un événement.

Kouhouesso se réveillait. Disait *hey*, d'un air toujours un peu surpris. Se frottait les yeux du plat des paumes. Se levait pour pisser. Elle restait là, le cœur battant. Il revenait. L'entourait de ses bras. Se calait posément, prenait superbement son temps. Ils faisaient l'amour. Ils riaient, parfois. Même là, elle ne savait rien. Elle savait pour elle seulement – qu'elle était au centre du monde, dans ses épaules, ses bras, ses cheveux.

Il fallait le garder encore un peu. Mais entre le moment où il ouvrait les yeux et celui de son départ, le scénario se répétait, les minutes filaient et, tout de suite après, il était debout. Enfilait ses vêtements de la veille, et partait. Ne se douchait jamais chez elle. Ne l'appelait pas. Mais si elle lui envoyait un texto – « Miss you », « I think of you » – il répondait, des petits « me too » ou des « lots of love ».

Lots of love, sa correspondante anglaise terminait ses lettres comme ça, quand elles avaient quinze ans.

*

Elle s'obligeait, par orgueil, à le mettre à l'épreuve de son silence à elle. Deux jours, trois jours… dix jours. Elle finissait par abdiquer. Proposait par texto une date. Il était toujours d'accord. Avec une candeur stupéfiante, il demandait pourquoi elle n'avait pas donné de nouvelles. Et il était ponctuel, depuis qu'elle lui avait reproché son premier retard, dans un français virulent.

Il avait un peu élevé la voix : « Nous n'avions pas précisé une heure. »

Il était rare qu'il réponde en français. Dans le pays de sa naissance on parlait anglais et français et de nombreuses (trois cents !) autres langues. *Nous n'avions pas précisé une heure,* la phrase était un peu bizarre, mais surtout, c'était son accent. Un accent à la Michel Leeb. Une seconde, elle avait cru qu'il se moquait d'elle. Qu'il exagérait. Dans son village, à Clèves, dans les années 1980, il y avait toujours quelqu'un pour imiter Michel Leeb imitant les Noirs. S'il avait dit en anglais, du même ton ferme, *we didn't say what time,* elle aurait peut-être été intimidée. Là, elle avait envie de sourire. *Préciser,* dans sa bouche, devenait un verbe roulant et roucoulant, une première syllabe appuyée, trois grandes voyelles ouvertes. Quant à « heure », c'était un gosier sombre et menaçant. Des souvenirs lui revinrent, les vieux masques moches en ébène rapportés par ses grands-parents paternels, du Sénégal, bien avant sa naissance ; posés debout sur une nappe basque ; elle ne s'était jamais souciée de tout ça.

Après, elle oublia. Quelque chose la reprit, la reprenait. Elle avait lu *Cœur des ténèbres*. Suffisamment pour comprendre que c'était de la folie. À moins de quoi, de numériser la forêt ? De louer un studio *green key* et d'incruster les acteurs sur la jungle ? Marlow ne rencontrait la Promise qu'à la fin. La scène était belle – quoique courte et cruelle, la Promise attendait Kurtz en vain – mais on pouvait en tirer plusieurs plans magnifiques (robe de deuil, chignon cendré, « pas très jeune » : pour Hollywood, exactement son âge). « Ses cheveux blonds semblaient recueillir, dans un scintillement doré, tout ce qui restait de clarté dans l'air. » On pouvait même imaginer d'intercaler des scènes où Kurtz rêvait d'elle, des scènes où elle apparaîtrait diaphane dans la jungle – après tout c'était un roman peuplé de visions, un roman halluciné, paludéen, mystique. « J'avais toute sa noble confiance… Personne ne le connaissait comme moi… » Oui, c'était un rôle pour elle. Oui, Kurtz rêverait la Promise, et elle, elle irait dans la jungle. Ou en studio, mais avec Kouhouesso.

*

Rose sur Skype lui expliqua que c'était très mauvais signe, un homme qui ne vous invite jamais chez lui. Il y avait quoi, là-dedans ? Une autre femme ? Plusieurs autres femmes ? Sept femmes égorgées ? Des chaussettes sales ? « Un bazar noir » ? Solange n'avait toujours pas évoqué la couleur de Kouhouesso, ni dit son nom ; mais il fallait croire que des ondes télépathes circulaient sur le réseau.

Il y avait un colocataire. Du nom de Jessie. Qui n'était jamais là. Et qui payait la majeure partie du loyer. Une villa presque aussi belle que celle de George. Kouhouesso logeait au dernier étage, avec terrasse, sur le canyon. La première fois qu'il l'emmena chez lui, elle ne se lassait pas d'aller et venir. Un grand loft clair, peuplé de livres et de quelques meubles bas. Un grand lit, un grand tapis de laine écrue. Des ordinateurs posés à même le sol, beaucoup de technologie.

Elle évoluait pieds nus sur le plancher, euphorique. Elle portait une robe en coton blanc toute simple, à fines bretelles et corsage au crochet. Il y avait au mur une immense – quoi – peau peinte, parchemin, une sorte de frise avec des anges et des épées, un alphabet bizarre. Et posée par terre, familièrement, une grande tête sereine, une femme noire dans un matériau jaune. Elle était si belle, cette femme au visage souligné de raies, qu'elle en ressentit une sorte de fatigue, peut-être de jalousie. « Tu l'as achetée où ? » Elle l'imaginait négociant le prix de cette chose épique sur quelque marché de savane. Il l'avait achetée à la boutique

du British Museum. Une copie bien entendu.
« C'est qui ? » Il éclata de rire. Demandait-on
« c'est qui ? » pour la Vénus de Milo ? C'était le
roi d'Ifé. Pas une femme mais un roi. La plus
célèbre tête de l'art africain, avec les masques
fang peut-être. Quant au parchemin sur le mur
c'était un rouleau magique éthiopien, pour
conjurer le Diable en amharique.

Elle comprit Amérique et prit un air entendu.

Le soleil se couchait sur le canyon, on écoutait du Leonard Cohen. Il ouvrit la bouteille
qu'elle avait apportée, ses yeux chinois devenaient deux fentes et quelque chose de tendre
flottait sur son visage, près des paupières, près
de la bouche, fantôme ou colibri, quelque
chose de rapide et ténu et c'était peut-être ce
qui la retenait, ce qu'elle n'arrivait pas à – cette
fugitive douceur dans un masque. Elle voulait
l'embrasser où les plis tendres s'ouvraient, de-
ci, de-là, lui caché par-dessous. « Effrayé par
l'amour » analysait Rose.

Il allait bientôt voir Cohen en concert. Savait-
elle que le célèbre chanteur avait eu pour principal adversaire non la guerre au Vietnam ou la
droite américaine, mais sa propre dépression ?
Il se demandait quelle part avait eu l'holocauste
des Juifs (il ne disait pas « la Shoah ») dans
cette dépression de toute une vie.

Elle, elle se demandait quand était le concert et pourquoi il ne l'y invitait pas.

*

Au réveil le loft était désert. « Kouhouesso ? » Elle n'avait jamais dit ce nom qu'à voix très basse, dans ses bras. Elle ne l'avait jamais dit à personne. Même à George, elle n'en avait pas parlé. Prononcé à voix haute, *Kouhouesso*, dans le silence, c'était étrange. Comme une profanation. Des sons qu'elle ne savait dire dans aucune langue, des sonorités dans le vide, d'une Afrique imaginaire, magique et redoutable.

Jessie était là. Ils fumaient tous les deux au bord de la piscine. Ils avaient ouvert des bières et parlaient du projet *Cœur des ténèbres*. Jessie (elle s'en doutait, au vu de la villa) était le Jessie bien connu, celui des films, une des rares superstars noires de Hollywood. Moins connu que George, mais quand même. Elle lui tendit la main. Jessie jetait des coups d'œil égrillards à son pote. Elle souriait, pudique. Intimidée, non par ce type, mais par le silence de Kouhouesso, qui regardait ailleurs. Était-il contrarié d'être vu avec elle ? Ou avec une *Blanche* ? Elle écarta l'idée comme une mouche. Jessie lui proposa du thé vert, « toutes les filles boivent du thé vert ». Va pour le thé vert. Apparut une employée mexicaine qu'elle n'avait pas croisée la veille. « J'ai dit à Kou', continuait-il, ne

83

sors jamais avec une Française. La dernière fois que je suis sorti avec une Française, il y a eu un léger désaccord, *petite chérie* descendait le canyon à fond – ne te dispute jamais avec une femme qui conduit – je lui disais ralentis tu vas nous tuer, elle s'enfile dans l'allée et boum ! sur ma Maybach. »

Il ne s'adressait ni à elle ni à Kouhouesso, mais au canyon, apparemment. Maybach était une marque de voitures, à l'écouter. Elle devinait au contexte, comme beaucoup de choses.

« Je veux sortir, elle recule, et re-boum, l'aile arrière gauche ! »

Kouhouesso riait, apparemment il avait déjà entendu l'histoire. De son rire trop étroit, un peu impatient. Elle cherchait à croiser son regard. À déceler une critique, mais il avait mis son masque. D'ailleurs ils se remettaient à parler du film. Les choses étaient plus avancées qu'elle n'avait cru.

Elle sentit qu'il fallait partir. Les laisser – travailler.

L'attente recommençait, l'attente comme une maladie chronique. Une fièvre engluante, une torpeur. Et entre deux rencontres, deux réinfections, elle s'imprégnait lentement de ce paradoxe : elle attendait un homme qu'elle perdait de vue, un homme comme inventé. L'attente était la réalité ; son attente à elle la preuve de sa vie à lui, comme si le corps de cet homme, quand elle le tenait dans ses bras, était de la texture du temps, et fatalement fugitif.

C'est douze jours plus tard, par ce qui lui parut une coïncidence, qu'elle apprit la date du concert de Leonard Cohen. Parce que douze jours plus tard exactement, elle reçut ce texto :

« Concert extraordinaire. *Wish you were here.* »

Elle s'avisa sur Internet que Leonard Cohen jouait, en ce moment même, au Nokia Theater. Elle se fichait de Leonard Cohen : elle l'avait localisé, Kouhouesso, *here, ici*, comme ces flèches sur les plans de ville. *Wish you were here,* « j'aurais aimé que tu sois là » : la fureur et la frustration (il n'avait qu'à l'inviter, s'organiser, prévoir !) – quand bipait un second message : « Je ne t'oublie guère. »

Je ne t'oublie guère.

Douze jours sans nouvelles et je ne t'oublie guère. Il n'y avait qu'un Africain pour écrire ce français si désuet, si mignon – elle comprenait (le connaissant, oui, le connaissant de mieux en mieux) elle comprenait qu'il ne voulait rien savoir de son attendrissement. En anglais il traitait d'égal à égale. D'étranger à étrangère. En Amérique. En territoire américain.

Suzanne takes you down
To her place near the river...

Elle laissait ondoyer dans sa tête la chanson de Leonard Cohen. Remplaçait *Suzanne* par *Solange.* Mélancoliquement. Plus tard, à la nuit profonde, à force de chantonner (si elle chantait suffisamment, il reviendrait), il revenait. Elle ne lui faisait aucun reproche. Ils ouvraient une bouteille, il avait déjà beaucoup bu. Un concert *extraordinaire,* ses amis avaient adoré. Il aurait donc été prêt, en plus, à la présenter à ses amis ?

« Je ne sais jamais quand on va se revoir. »

« Mais je suis là. »

Chaque échange en français était une victoire. Une preuve, même, de son amour pour elle. Elle l'attirait sur son terrain. Il ne l'oubliait guère. En français.

« Douze jours sans même un texto. »

« Douze jours ? »

Il ne la croyait pas. Il était sincèrement désolé. « J'ai été très occupé. »

Elle était entre deux rôles, et lui, apparemment, n'en cherchait plus. Il disait être devenu comédien par hasard, pour manger. Il voulait faire son film. Il était dans la *pré-prod'*. Elle décommandait ses amies, son coach, son yoga, sa psy, pour être sûre d'être disponible. Il apparaissait. Puis disparaissait. C'était un homme à l'existence intermittente. Quand il partait – elle le voyait disparaître dans sa voiture, puis sa voiture derrière l'hôtel Bel Air – il se dématérialisait. Un spectre. Elle fermait les bras sur le vide, elle serrait les poings sur rien. Loin d'elle, son existence était comme un souvenir impossible.

Ils faisaient l'amour. Il la touchait, elle était reprise, d'un seul coup, d'un basculement. *Très occupé* : elle n'entendait plus l'accent roulant, elle n'entendait que le bouillonnement de ce qu'elle ignorait. Le vide de ses journées à elle. Le manque frénétique qu'elle avait de lui.

Il passait à la salle de bains. Puis descendait au salon. Elle l'entendait parler au téléphone. Taper sur un clavier. Se demandait ce qu'il fabriquait, des heures, au lieu d'être au lit à côté d'elle.

Elle le rejoignait. Il levait le nez de son ordinateur. Elle disait la première phrase qui lui venait :

« J'aimerais bien visiter l'Afrique. »

« *No you don't* », répondait-il en se remettant à lire. Que certainement pas.

« Si, insistait-elle comme une enfant, je voudrais voir (elle se retenait de dire « les éléphants ») les chutes du Zambèze, et les sources du Nil. »

Il fermait l'ordinateur. « *L'Afrique* ça n'existe pas. »

Il avait le chic pour prononcer des phrases inouïes. Mais elle avait de la mémoire, du moins de la mémoire récente, et un affolement qui montait :

« Tu as dit toi-même *l'Afrique,* tel quel, l'autre soir. Le premier soir chez moi, quand tu es arrivé si tard. Si. Tu as dit *la tache verte qui fait le centre de l'Afrique.* C'était joli. »

Il partit de son rire étrangement aigu, un rire comme emprunté à un autre corps :

« L'Afrique est une fiction d'ethnologue. Il y a *des* Afriques. Idem pour la couleur noire : une invention. Les Africains ne sont pas noirs, ils sont bantous et bakas, nilotes et mandingues, khoïkhoïs et swahilis. »

Ces syllabes lui étaient si étrangères qu'elle n'arrivait pas à les isoler dans la phrase. Elles lui faisaient l'effet d'un seul long mot. Et quand elle lui dirait, plus tard, « l'Afrique est une fiction d'ethnologue », il aurait à nouveau ce rire sans les yeux, cette colère calme et rentrée, et comme fatiguée. D'où tenait-elle que l'Afrique n'existait pas ? Elle osait aussi peu dire « de toi » que lui dire « je t'aime ».

Son cerveau avait tendance à patiner, en sa présence. Elle n'avait aucun argument. Elle ne savait rien. Elle n'avait lu aucun livre. Elle ne savait pas lire. De lui, de cet homme qu'elle aimait, de lui dont elle apprenait les goûts, l'histoire, le plaisir, la force, le talent et le manque d'humour, de lui dont elle commençait à redouter les humeurs, de lui elle ne savait rien.

Par un phénomène qui tenait au temps et à l'espace, à l'Histoire et aux lieux, à la violence, par un phénomène qui n'avait rien de magique mais qu'elle voyait distordre l'espace entre eux, les phrases dites par lui devenaient d'autres phrases dans sa bouche. Mot pour mot, les mêmes phrases prenaient un sens qu'elle ne voulait pas. Un sens affreux. Ce phénomène non magique la faisait attendre un homme dont ses ancêtres à elle avaient asservi et massacré les ancêtres. L'exploitation et le massacre se poursuivaient, apparemment, se poursuivaient, oui, avec l'assentiment de certains des *siens*, mais sans jamais que les *siens* ne lâchent leur position de dominants.

Ces vérités compliquées, il ne les disait pas comme elle. Il moquait son *angélisme de gauche*. Affirmait que *l'Afrique* était désespérante, qu'il avait tourné le dos à son pays natal, et qu'il voulait juste essayer de raconter l'histoire sans se payer de sacs de riz.

Et quand elle soutenait que ce riz, parfois, malgré la corruption satrape et le commerce de la charité, parvenait quand même à quelques bouches affamées, il lui décrivait le trajet du grain, de la rizière où il est mieux traité que celui qui le récolte, à la bouche de celui qui l'avale, l'un de l'autre dûment séparés par des milliers de kilomètres, par des millions de containers dûment bloqués aux douanes, par des milliards de chiffre d'affaires en armes et pacotille : milliers et millions et milliards qui ne suffiraient pas à donner idée de la durée, de la constance, de l'ampleur délibérée de l'exploitation de l'homme par l'homme et de la planète par son locataire cambré.

Elle était née où elle était née, dans la peau qui était la sienne, entourée des mots qui l'entouraient. Elle découvrait ça, que sur les Noirs, ce n'est pas exactement que les Blancs n'ont rien à dire (ils n'arrêtent pas, ils n'arrêtaient depuis qu'elle était petite) ; non, c'est que sur les Noirs, les Blancs n'ont rien à dire aux Noirs. Même répéter, ils ne peuvent pas.

À l'aube, il finissait par se coucher, ils refaisaient l'amour. Il s'endormait d'un coup. Et il partait dans les après-midi jaunes, dans le vide du soleil au zénith.

HOLLYWOOD DOOWYLLOH

Elle ne le voyait pas pendant dix jours, puis soudain, il était là. Entièrement là pour elle. Elle commençait à croire qu'il existait, qu'il ne sortirait pas d'un coup de sa vie. Elle subissait en silence ses intervalles de silence. Mettait tout son orgueil à lui taire ses journées vides – pas tant vides que dévastées.

Ils se voyaient chez elle en général. Il aimait la disposition, l'étage, le salon ; il pouvait, la nuit, travailler sans la gêner ; chez Jessie (c'est ainsi qu'il disait « chez moi ») le lit était au milieu du loft. Mais chez Jessie, argumentait-elle, il y avait une piscine, une piscine vraiment privée, pas comme celle de son lotissement. Elle pouvait y nager nue. Elle l'aimait, cette piscine.

« Viens, elle est délicieuse », disait-elle en barbotant, ses petits seins comme deux flotteurs. « Un vrai poisson », admirait-il, et il retournait à l'ombre du loft. Elle faisait la planche, les yeux ouverts sur le ciel californien. Se laissait étourdir par la lumière trop vive et la lenteur des palmiers, dans l'ovale bleu du monde. Rester là à jamais, lui travaillant dedans, elle flottant dehors, dans une maison qui serait la leur.

Elle commençait à songer à Noël. Elle avait prévu de passer quelques jours en France ; à vrai dire elle avait déjà son billet, pris trois mois en avance, en business mais moins cher. Elle n'osait pas s'enquérir de ses projets. Tout à coup, ça paraissait vulgaire. D'ailleurs, était-ce une date importante pour lui ? Était-il, même, catholique ?

Elle lui donna un double de ses clefs et le présenta au concierge. Le concierge rit et dit qu'ils s'étaient déjà vus, merci ; et il se passa cette chose stupéfiante que Kouhouesso prononça des syllabes inouïes et que l'autre répondit dans la même extravagante gamme ; et elle restait debout, béante, comme un poisson hors de l'eau.

C'était du *camfranglais*. « À quoi as-tu reconnu qu'il était de chez toi ? » (elle usait du « chez toi » comme on désignerait, du bout du doigt, une tache blanche sur une carte d'explorateur) ; et il lui répondit qu'elle aussi reconnaissait sa tribu, les nombreux Basques de Los Angeles. Quand il riait ainsi, elle était découragée. Elle ressentait cette fatigue singulière, comme liée à leur relation.

Il partait. Une attente pure. Oh, elle s'y connaissait, en attente : entre deux rôles, entre deux prises. Mais cette attente était nouvelle. Elle ne vivait que de son approbation. Elle attendait que la vie reprenne.

Elle essayait de se souvenir d'avant comme on se souvient de la santé quand on est malade ; d'un état qui va de soi. Elle avait été ambitieuse, elle avait traversé l'océan. Son agent était parmi les meilleurs, elle avait tourné pour les plus grands, de petits rôles, certes, mais dans de grands films. Elle avait un projet avec Floria, bien autre chose que la « « Promise ». Et Soderbergh lui tournait autour. Oui, elle avait attendu, elle avait cru à son talent, elle avait maintenu son corps et sa ligne. Elle se souvenait du temps passé à choisir ses légumes au magasin bio, à faire elle-même ses smoothies, puis son yoga avec sa prof, puis quoi d'autre, que faisait-elle ? Elle lisait, sans doute, elle attendait la livraison de son déjeuner calculé par sa diététicienne, elle prenait des cours de diction, elle appelait des amis. Le soir elle essayait des vêtements, elle se rendait à des projections, à des premières, à des dîners, parfois à des télés. L'achat de sa maison de Bel Air l'avait accaparée et elle devait beaucoup travailler pour les traites. Et pendant tout ce temps, lui, il était dans la ville. Et elle ne le savait pas. Le plus surprenant : il ne lui manquait pas. Avant la rencontre, elle se passait de lui. Elle ne percevait même pas son champ magnétique : elle l'ignorait superbement.

Et désormais, au moment où sa voiture tournait derrière l'hôtel Bel Air, elle restait à la baie vitrée comme si un bocal était tombé autour d'elle. Elle voletait en étouffant. Le moment à la baie vitrée était le début du vide, si le vide est la forme de cet élan éperdu, à tant vouloir le suivre et se cogner au verre. De l'autre coté : la vie.

Au bout de deux jours, elle touchait un fond absolument transparent, sous une lumière blanche et clinique. Elle appelait, il ne décrochait pas. Elle connaissait l'humiliation des textos sans écho. Il répondait, oui – il finissait toujours par répondre, mais tellement longtemps après que ce ne n'était pas une réponse : c'était un événement, une surprise, le fracassant retour du héros.

*

Un jour il réserva deux places pour l'exposition Cindy Sherman au MOCA. Il aimait donc l'art contemporain ? Cindy Sherman grimée en clown, Cindy Sherman déguisée en sorcière – elle se souvint qu'il y avait chez elle, dans la bibliothèque, une affichette de cette artiste. Il avait dû vouloir lui faire plaisir.

« Quelle actrice formidable », dit-il. Ça la vexa. Jusqu'à présent, il n'avait visionné aucun de ses films, sauf le premier. Il était arrivé un soir débordant de questions : comment Godard l'avait-il dirigée ? Godard fournissait-il le scénario à l'avance ? Godard faisait-il répéter les scènes ? Godard, Godard, elle avait dix-huit ans quand elle avait tourné pour Jean-Luc, elle ne savait même pas qui était ce type à l'accent suisse. « Il s'éclipsait tout le temps pour jouer au tennis. » Kouhouesso avait éclaté d'un rire rebondissant.

L'avait-il trouvée bonne, au moins ? L'avait-il trouvée *terriblement* plus jeune ?

À quel rythme voulait-il voir l'exposition ? Préférait-il parler ou se taire ? Rester seul, ou partager ses impressions ? Cindy Sherman désespérée à côté d'un téléphone. Cindy Sherman en dépressive obèse. Cindy Sherman en mémère à chien-chien. Cindy Sherman en cadavre bleui. L'impression désolante de voir défiler son futur.

Il était resté en arrière. Une vieille dame lui parlait. Élégante, peut-être française. Ses paupières délicatement bleutées était grandes ouvertes sur lui. Son cou levé, tout son petit corps maigre et tendu, c'était comme un destin, c'était l'avenir, c'était le manque. Elle finit par gratifier Solange de quatre mots : « vous aimez Cindy Sherman ? », dont le sous-texte, factuel et mélancolique, s'entendait « quelle chance vous avez ».

Les vieilles dames adoraient Kouhouesso. Les moyennes dames aussi. Les jeunes dames. Même les petites filles. Les mois qui suivaient, tous ces mois portés par la Grande Idée, elle verrait nombre de fillettes lui sauter sur les genoux, et nombre de vieilles dames, avec une égale candeur, fendre les foules pour venir, tout droit, lui demander s'il aimait l'art contemporain / la flûte de pan / les meubles en rotin / la peinture sur soie.

*

Plus tard ils roulaient dans Los Angeles. Ils roulaient pour rouler, pour la ville, pour la nuit. Elle aimait sa voiture, un coupé Mercedes des années 1980. Ça sentait lui. L'encens et le tabac. C'était comme se réfugier à l'intérieur de son corps. Assimilée. Intégrée. Avec la carrosserie solide, la ceinture bien attachée, et ce luxe de laisser flotter ses cheveux dans le vent. Et s'ils rataient un virage, eh bien, ils mourraient ensemble.

La voix du GPS parlait pour eux. Beverly Glen Boulevard. Mulholland Drive. Ventura Freeway. Énonçait les noms, les noms des lieux pour lesquels ils avaient traversé le monde. Les fantômes pour lesquels ils avaient émigré. La ville, tout en bas, scintillante comme un ciel. Et les lettres de HOLLYWOOD, dans un sens, DOOWYLLOH, dans l'autre. À force de rouler, ils remontaient le temps. L'Observatoire de *La Fureur de vivre*. Les silhouettes dans la brume, les palmiers des années cinquante sur le ciel des années cinquante. Dans la lueur des phares la brume s'ouvrait sans relâche, la nuit les accueillait à tours de roues. Ils s'enfonçaient dans le rêve californien, et il était inépuisable.

Elle se souvenait de cette interview de Cassavetes, en noir et blanc, ici même sur Mulholland. Cassavetes si cool et sexy dans sa décapotable sous la lumière brûlante, Cassavetes qui voulait tourner *Crime et châtiment* en comédie musicale, Cassavetes disant de cette ville « ici les gens ne se rencontrent jamais » ; et *California Girls* commence à la radio, commence au moment même où la caméra filme Cassavetes. Commence là, dans la vie même, au présent, pour toujours, les Beach Boys pour toujours en bande-son de Cassavetes en direct du temps hollywoodien.

Elle le regardait de biais, au volant, dans la nuit des collines. Oui, il y avait de ça… la ressemblance… la même bouche, le même front. Cassavetes en noir : sans les dreadlocks, d'accord… mais cet irrésistible sentiment de déjà-vu, ce *bougé* ravageur où elle ne cessait de voir un visage connu… Le soir de Cassavetes venait de tomber, Cassavetes rentrait chez lui quand eux continuaient à rouler, de ce jour à cette nuit où elle était ici, dans les canyons, avec cet homme qui ressemblait tant à quelqu'un.

« *Crime et châtiment* en comédie musicale ? » Kouhouesso secouait la tête. « *What a stupid idea.* » À l'entendre ç'aurait été un désastre de micros dans le champ, d'acteurs bourrés, Gena Rowlands hystérique, la maison de Mulholland grimée en isba russe. Une fois terminé *Cœur des ténèbres*, il avait un projet de film musical. Un projet sérieux, sur Miriam Makeba.

Elle prenait son air entendu. La fatigue se remettait à flotter autour d'eux, et il aurait fallu rouler plus vite, laisser derrière soi ce poids étrange. Il passait régulièrement les vitesses (il détestait les boîtes automatiques), il lui accordait que Cassavetes était peut-être génial, O.K. ; mais Polanski ; mais Kubrick. Même Sydney Pollack. Des professionnels. De vrais grands cinéastes. Une invention cadrée, le génie *et* la maîtrise. La Nouvelle Vague avait fait beaucoup de tort au cinéma.

Elle ricanait : « Sydney Pollack ! » Il protestait : il avait d'abord dit Polanski. Les films de Cassavetes partaient dans tous les sens, des brouillons de film, des films *d'avant* le film. Elle louait l'élan des hystériques, vantait les films ratés, ces films d'autant plus géniaux qu'ils s'éclairent de leurs manques. Il allumait une autre cigarette, soufflait fort : il avait *horreur* du bricolage – roulait d'autant plus le *r* qu'il rejetait loin l'idée –, il serait le premier cinéaste né en Afrique à avoir les moyens qu'il fallait, des moyens importants, des moyens professionnels !

Elle n'avait jamais dit le contraire ! La brume s'était dissoute. La nuit étincelait, âpre et sèche. Il accélérait. Le GPS égrenait de plus en plus vite la série des noms qui la ramenaient chez elle. Wilshire, South Beverly Glen, Copa de Oro, Bellagio : compte à zéro. Il se gara devant les grilles du lotissement. Descendit pour lui ouvrir la portière, mais ne coupa pas le moteur. Il était fatigué.

Elle le supplia. L'idée d'affronter seule la maison vide – non, il n'était pas d'humeur. *Not in the mood.* Il eut un mouvement du bras pour qu'elle le lâche.

IL FAUT BEAUCOUP AIMER
LES HOMMES

Elle visionna encore *Dazzled*. Elle s'efforça d'ouvrir des livres. Elle tomba sur une phrase qu'elle lui envoya par texto : « *Il faut beaucoup aimer les hommes. Beaucoup les aimer pour les aimer. Sans cela, ce n'est pas possible, on ne peut pas les supporter.* MARGUERITE DURAS. »

Il ne répondit pas. Ni dans les cinq minutes, ni trois jours après. Elle se plaignit à Rose de son manque d'humour.

« Il fera signe », disait Rose. Elle voulait voir une photo. Elle lui envoya un lien sur Internet, *Dazzled*, l'extrait qui la faisait chavirer. Rose s'extasia sur sa beauté, fit la comparaison avec George. Un beau mec de plus dans la vie déjà ornée de Solange. Elle n'eut pas un mot de trop.

Sauf que ce n'était pas un mec de plus dans sa vie ; c'était la vie même.

Elle fouilla dans l'historique de son ordinateur. Son ordinateur à elle, qu'il lui empruntait souvent la nuit. Et en effet il n'avait rien à cacher : il étudiait des fiches d'acteurs et des budgets, visionnait des films, comparait des chefs opérateurs, enquêtait sur la faisabilité d'une régie en forêt, lisait tout ce qu'il pouvait trouver sur Conrad et le Congo, se renseignait sur les maladies équatoriales, les caméras étanches, les moustiquaires portatives, les réservoirs d'eau potable, les tentes légères, les billets d'avion, les studios de cinéma à Lagos et Capetown, le prix d'un interprète en pays *baka*. « Gwyneth Paltrow nue » fut la seule trace un peu discordante dans cet ensemble cohérent. Et aussi – beaucoup de temps passé à rectifier des fiches Wikipédia et à discuter avec d'autres contributeurs, sur Conrad ou Makeba ou même le silure du fleuve Ogooué (à antennes venimeuses). Il était l'auteur exclusif de la fiche « roi d'Ifé », en trois langues. La longueur de l'exposé la découragea.

C'était donc ça qu'il faisait, la nuit, au lieu d'être au lit avec elle ?

Son scénario était là aussi, dans un dossier *HOD. Heart of Darkness.* Elle tapa « la Promise », et ne trouva rien ; elle tapa « Gwyneth » et le rôle apparut. Très court : trois pages, trois scènes, trois minutes. Guère plus que ce qu'elle avait tourné avec Damon. Gwyneth n'en vou-

drait pas. Certes, il y avait George. Et maintenant Jessie. Mais Gwyneth avait beau être en
période de creux – trois minutes pour un réalisateur débutant ?

Elle releva ses cheveux dans le miroir : un
chignon à l'ancienne, quelques mèches échap-
pées. Un maquillage très blanc. Une robe à
corset, boutonnée jusqu'au cou mais moulante.
« J'avais toute sa noble confiance… Personne ne
le connaissait comme moi… » Plus doux, plus
murmuré : « J'ai toute sa noble confiance…
Personne ne le connaît comme moi… »

C'était frappant, à quel point ce roman laissait peu de place et aux femmes et aux Africains (quel rôle allait donc jouer Jessie ?). Elle
songeait à des améliorations. Tout changeait si
on décidait que la Promise accompagnait Kurtz
au Congo. Elle y devenait un certain genre de
femme d'expatrié : superbe et rebelle, proche
des Noirs, à la fois timide et charnelle, en proie
à l'ennui et à l'émerveillement. Là-bas, ils se
mariaient, dans une petite chapelle évangé-
lique. Et quand son homme rompait avec l'ar-
mée coloniale, elle le suivait, bien sûr, jusqu'au
cœur des ténèbres.

Le Cœur des ténèbres, c'était elle : éclairant
de sa bonté, de son grand cœur, l'envoûtement
infernal de la colonisation.

Un rôle sublime. Couvrant tout le film. Le genre de rôle où elle serait sur l'affiche avec George, comme Isabelle Huppert avec Kristofferson dans *La Porte du paradis*. Elle ébaucha quelques brouillons de scènes dans un fichier *HOD-2*.

Une semaine avait passé. Elle hésitait à lui téléphoner.

*

Le temps la reprit. Le silure du temps, un poisson d'eau croupie, un gros poisson de fleuve lent. Elle se décomposait. Son agent lui avait parlé d'un petit rôle dans *Urgences* mais elle ne se décidait pas. Elle avait laissé un message déférent à Steven Soderbergh mais il ne la rappelait pas. À un dîner elle se surprit à ne rien écouter, jusqu'à l'explosion du mot *Kinshasa* – les convives ouvrirent de grands yeux sur son savoir congologique. Avaient-ils entendu parler d'une nouvelle adaptation de *Cœur des ténèbres* ? La conversation dévia sur Coppola, sa fille, ses vignobles, et elle cessa d'écouter.

Dazzled, de Michael Mann. Elle se souvenait que son agent lui en avait touché un mot, à l'époque, mais elle était sur *Musette*, ça n'aurait pas collé. Une scène où les deux flics font irruption dans un restaurant français – elle aurait pu être la serveuse sexy. Elle l'aurait croisé.

Ça aurait basculé, déjà. Ou bien quoi ? La *syn-chronicité* : un mot de Kouhouesso. Un homme pratique, qui pense en termes d'agendas compatibles. Mais elle, elle savait – à n'importe quel moment, à Clèves, à Paris ou à Los Angeles – à n'importe quel moment, elle l'aurait suivi.

Non. Elle l'avait trouvé beau, aux Bouffes du Nord, ce Noir qui jouait Hamlet et pas Othello, mais elle n'avait rien entrepris pour le connaître. Elle avait vingt-deux ans. Elle avait croisé le chemin de ce prince, et elle ne l'avait pas envisagé. Ou peut-être était-il trop princier pour la Solange de l'époque.

C'est avec le Blanc, dans *Dazzled*, que la serveuse finit par coucher. Elle ne se souvenait pas d'un film, américain ou autre, où un Noir et une Blanche – un Blanc et une Noire – couchent ensemble sans que ce soit le sujet même du *drame*. Quand un Blanc et une Noire – un Noir et une Blanche – se rapprochent un peu trop, il y a comme un signal d'alarme, le public se raidit, les producteurs ont dit stop, les scénaristes ont déjà réglé la question, l'acteur noir sait qu'il ne séduira pas l'actrice blanche : sinon on est dans un autre film, un tableau de mœurs, une affaire, un problème.

Elle revenait en arrière… là… il va le faire, il va se tourner vers la mer et la lumière reste avec lui, se voile comme son regard, et il devient le centre et la totalité... Ce bougé, cet infime bougé, comme une photo contemplée trop longtemps...

Leur monde était *tolérant*. Hollywood, Paris, Manhattan : des couples homosexuels, des couples à trois, des couples où la femme était plus âgée que l'homme. Quelques couples Blancs-Asiatiques ; mais les Asiatiques sont des Blancs. Et avec qui sortaient les Rihanna, les Beyoncé ? avec des Noirs. Il y avait bien Halle Berry qui sortait avec un Blanc, mais elle était beaucoup plus claire que Kouhouesso. Et elle avait vu des photos de Lenny Kravitz avec une top model brésilienne qui, toute blanche qu'elle était, était beaucoup plus foncée qu'elle-même, Solange.

Un vague tournis la prenait, comme devant ces nunciers de papier peint qui ressemblent à de gros annuaires de couleurs, à se demander si noir c'est noir, et elle n'en savait rien.

Il téléphona. Son nom s'affichait sur le téléphone. Oui qu'il vienne, oui qu'il sonne. La serrure tourna toute seule, magique : il ouvrait avec la clef qu'elle lui avait donnée. Elle l'enlaça, là, tout de suite. Il réclama d'abord un verre d'eau, il avait joué au tennis et mal à la tête, un peu de fièvre ? une insolation ? Elle ignorait qu'il jouait au tennis. Et qu'il pouvait attraper une insolation. Elle lui couvrit le front d'un gant mouillé. Elle posa de petits baisers sur ses paupières. Elle battit des cils contre ses joues, des baisers papillons, comme lui faisait son père quand elle était petite. Il s'endormit contre elle, elle n'osa plus bouger.

Il avait des soucis. L'agent de Gwyneth ne rappelait pas. Une semaine passa encore avant qu'on apprenne qu'elle avait d'autres engagements. Jessie suggérait Scarlett Johansson. Trop pulpeuse. Ted, qui travaillait pour George à la production, voyait bien Charlize, son côté hiératique. Trop virile, selon Kouhouesso.

Ils étaient à Soho House, au bord du bassin carré sous les oliviers. Quinze étages au-dessous les voituriers s'étaient discrètement empressés, pour George et Jessie et leurs superbes bagnoles. C'était la première fois qu'elle participait à une réunion *HOD*, sans savoir si elle accompagnait comme *girlfriend* ou comme actrice. Ou par inertie de groupe ? Ou parce que pour George, de toute évidence, elle était avec eux ? Ou parce qu'elle était agréable à regarder ? Dans la langueur alcoolisée d'une fin d'après-midi à L.A., dans la chaleur polluée, dans ces approches de Noël californiennes, elle se sentait belle et raide comme un palmier. Le mot *Promise* sifflait doucement dans sa tête.

La serveuse vint prendre les commandes. George matait la serveuse. La serveuse riait. Elle ressemblait à Anne Hathaway. L'agent de George proposa Anne Hathaway. L'agent de Jessie vanta une cliente à lui, Kelye, un peu *has been*. Eva Green, plutôt, dit l'agent de George. Trois starlettes en faux Versace s'étaient assises à la table à côté. Au fond du patio, près de la fontaine, Kate Bosworth buvait un smoothie. Elle fit coucou à George. Un rôle planait sur Hollywood, un rôle avec ses petites ailes, sa petite robe vaporeuse, son petit air de ne savoir où se poser ; et Los Angeles se mettait à bruire, à soulever, sur son dos craquelé, une fine poussière d'or.

La serveuse s'éloigna. Les poissons du bassin poissonnaient et les hommes discutaient. Une Anglaise ? Keira Knightley ? Une Européenne fine et racée. Une Française ? Ted dit quatre fois le nom d'Audrey Tautou. Jessie suggéra Catherine Deneuve, jeune. L'agent de Jessie dit Julie Delpy. Ted dit Audrey Tautou une cinquième fois.

Kouhouesso la regardait. Elle lui fit son sourire de casting. Il la regardait comme il la regardait souvent : la tête un peu penchée, légèrement soucieux, comme étonné qu'elle soit là. Ou bien (l'idée la traversa soudain) il cherchait lui aussi. Depuis le début. À qui elle ressemblait. Ce visage. Ces yeux.

Il avait attaché ses dreadlocks. Il portait un pull de fin cachemire, turquoise pâle, à même la peau, et une écharpe de lin jaune. Il paraissait encore plus grand et presque maigre, sauf sa largeur d'épaules sous la masse de cheveux. Jessie suggéra Kim Wilde. Jeune. Il se serait bien fait Kim Wilde jeune. Ted boudait. Kouhouesso appela la serveuse pour un deuxième Eastern Standard (concombre-menthe-tonic-vodka) et s'excusa, il sortait fumer. George prit Solange par le coude et l'emmena sur la terrasse, à la poursuite de Kouhouesso.

Une épaisse couche de brume rouge était posée sur Los Angeles comme un fard. Kouhouesso était appuyé à la rambarde, la fumée de sa cigarette fondait dans le brouillard. Sunset Boulevard se déployait quinze étages plus bas comme si lui, Kouhouesso, l'avait ouvert dans la ville par la seule extension de ses bras.

George dit qu'elle, Solange, serait parfaite pour la Promise. « Elle serait sûrement formidable, plaisanta Kouhouesso, mais il faudrait d'abord que je la voie nue. » Chacun rit à sa façon. George leva un doigt, une serveuse apparut. Il commanda du champagne, mais Kouhouesso, qui évitait les mélanges, continua à l'Eastern Standard. La terrasse était un radeau flottant sur le brouillard.

Kouhouesso se mit alors à raconter une histoire un peu étrange, d'où il retournait en résumé qu'il n'avait pas voulu être indiscret lors d'une certaine soirée auprès d'une certaine fille, ne sachant si elle était accompagnée et éventuellement par lui, George, dans tous les cas ne sachant s'il ne surinterprétait pas les signaux reçus, sensible qu'il était à une certaine tension, certes pas déplaisante (il souriait au brouillard rouge) mais soucieux, en priorité, de n'en faire peser aucune de déplacée, car il avait ce scrupule, dans ce monde où tout se disait, de laisser chacun (chacune) à sa vie privée : que savait-il en effet de la fille ? Rien, et il aurait préféré être brisé par la foudre ce soir-là, que de risquer la moindre incongruité.

C'était comme s'il avait voulu leur communiquer quelque chose, une confidence, une déclaration, mais le message s'était perdu. Quant à la Promise, le casting retombait dans les limbes.

Il y avait un petit brouhaha à l'intérieur. Jessie avait renversé son verre sur son costume Gucci, et les serveuses bourdonnaient autour de lui. Ted était parti on ne sait où. On parla du rôle de Jessie, mieux défini : Kouhouesso avait développé le personnage du chauffeur du bateau à vapeur ; deux pages seulement dans le roman, mais sans doute les plus racistes. Jessie ne se lassait pas de lire son portrait tout fort dans Soho House : « un sauvage utile parce que dégrossi », un « spécimen amélioré », « un chien en culottes et chapeau à plumes qui danse sur ses pattes arrière » ! Kouhouesso et lui rigolaient. George et elle contemplaient les poissons. « Un putain de chef-d'œuvre raciste ! » clamait Jessie. Kouhouesso, pédagogue et magnanime, parlait époque et narration : le point de vue de Marlow sur les nègres, alors que George ou Solange aujourd'hui… « Un putain de chef-d'œuvre de racisme ! » répétait Jessie. Le mot *nègre* sonnait comme une cloche dans le crâne déjà douloureux de Solange.

Il fallait lui trouver un nom, à ce cannibale : Kouhouesso proposa « Iyapo », du nom de son grand-père. Iyapo qui signifie : « beaucoup de difficultés ». Tout le monde rit. Les embûches seraient en effet aussi nombreuses que les moustiques à la saison des pluies.

Il avait donc eu un grand-père. Elle se demanda si toute sa famille portait des noms en *o*. Est-ce que « Kouhouesso » avait un sens ? Un prof de français lui avait appris, à l'époque où tout le lycée portait le badge de SOS Racisme, qu'il est malpoli de demander la signification des noms. George, ça veut dire George. Solange ne signifie ni Sol ni Ange, mais vient du latin *solennel*. Il n'y a que les Blancs pour supposer que les sauvages ont des noms qui veulent dire « petit nuage dans le vent » ou ce genre de choses. À l'époque elle n'avait pas osé signaler au prof que son second prénom, Oïhana, signi-fiait la Forêt en basque. Les Basques sont les Africains de l'Europe.

Le personnage d'Iyapo-Jessie devait être à la chauffe pendant toute la remontée du fleuve. Ça supposait que Jessie reste au moins trois semaines au Congo. Il avait ôté sa veste tachée, et largement ouvert sa chemise. Son agent sug-géra qu'il y vienne en deux ou trois fois, mais est-ce que ça collerait avec *Angry Men 4* ? Sans oublier la promotion de *Scissors' Return*. « *Fuck the promotion* », dit Jessie très fort, et il alluma un joint en plein patio. Kouhouesso expliqua qu'on « ne revient pas deux ou trois fois » au cœur du Congo. Les grottes qu'il avait en tête pour le sanctuaire de Kurtz n'étaient accessibles qu'en hélicoptère. « Il est au courant de ça, Ted ? » demanda George. Sa fenêtre à lui n'était que d'une semaine ; les dates de *Sailor's 13* étaient calées, ainsi que son second film en tant que réalisateur. Kouhouesso leva les yeux au ciel : « Sainte Rita, priez pour moi. » Une serveuse apporta un cendrier à Jessie, et s'excusa de la part de la direction : le livreur du nouveau costume était pris dans des embouteillages. Jessie ôta sa chemise.

Sa copine avait surgi, elle s'appelait Alma, des seins énormes et dans les dix-huit ans. Jessie lui lut la description d'Iyapo, les dents limées et le plateau d'or poli fiché dans la lèvre inférieure. Alma réclama un *latte* à température, ni frappé ni chaud, c'était pas compliqué ? Le rôle de Kurtz-George, finalement, était celui qui posait le moins de problèmes : il était crucial, mais entièrement ramassé à la fin du film. Sauf qu'il supposait d'être tourné sur place, aux grottes, et ça bloquait avec les assurances : George valait de l'or. Quant au casting de Marlow, il était en cours : on attendait la réponse de Sean Penn. Jessie battait du tam-tam sur un tabouret de bar, dans une minute il allait sauter sur une table et hurler nu en se frappant la poitrine. George riait. La maison offrait d'autres cocktails.

Solange dit qu'elle pouvait se rendre disponible à tous moments y compris pour le Congo ;

mais personne n'eut l'air de l'entendre. Elle avait chaud aux joues, un nœud dans le ventre. Jessie-Iyapo entonna une comptine sudiste, *Old Mcdonald had a farm, iya iya ooo…* Son costume était arrivé, Alma l'aidait à l'enfiler dans une nuée de serveuses. Le soleil se précipitait sur la ville, rouge et plat comme un comprimé d'ecstasy.

LIBERTÉ DE SAVANE

C'était un mois de décembre étouffant. Jessie était tout le temps au bord de la piscine. De *sa* piscine. Alma aussi. On ne savait pas trop où elle habitait, sinon. Dans son téléphone, apparemment ; et Jessie la grondait. C'était une entreprise d'éducation au long cours : « Être rivée à ton téléphone quand tu es avec quelqu'un, c'est inélégant. D'un homme, on dirait que c'est mufle. À quel interlocuteur dois-tu accorder la priorité ? Réfléchis : à la personne qui est absente ? Ou à celle qui est physiquement présente ? Peut-on vraiment qualifier de *temps de qualité* le temps passé au téléphone ? Considères-tu que tu es *avec* la personne avec laquelle tu parles à distance ? Considères-tu vraiment qu'on peut parler de *temps passé ensemble,* au téléphone ? »

Au goût de Solange, il abusait des interrogatives. Et quand il ajoutait avec les doigts le petit signe des *guillemets*, elle plissait les yeux de douleur. « Est-ce que tu ne crois pas que la présence *physique* est l'essentiel ? On ne parle pas à quelqu'un de la même façon en *présence* de son corps, et en *absence* de son corps. Tu n'as jamais senti la différence ? Je veux dire, physiquement ? La politesse ce n'est *pas* que les mots, la politesse c'est ce qu'on doit à la présence *physique* de l'autre : tu respectes ton propre corps, eh bien, quand tu es au téléphone, c'est pareil : tu parles *en* priorité à la personne *présente*, au plein sens du terme… »

Il était très prosélyte ; et il lui enseignait entre autres le sens du mot *prosélyte*. Le problème c'est qu'on n'avait pas la piscine sans Jessie. L'un allait *avec* l'autre, en ce moment. Il était entre deux tournages.

Les jardiniers mexicains s'activaient, répandant au pied des massifs des écorces fraîchement broyées. Les colibris stationnaient de fleur en fleur, magiquement posés dans l'air, de-ci, de-là. Les rosiers avaient tous refleuri, en plein décembre, comme un printemps précoce ou très tardif – on ne savait plus. On parlait de la météo ; on parlait du fait qu'on ne parlait plus comme avant du climat. On parlait de la fin du monde, programmée non par les Mayas mais par notre comportement irresponsable. La gouvernante apportait des pamplemousses-vodka. Alma renvoyait le sien, une question de température. Kouhouesso dormait encore. Ou il avait pris son café, mais il fallait le laisser tranquille.

Aucun son ne parvenait de l'étage. Elle se demandait s'il corrigeait des fiches Wikipédia.

On avait appris la veille que le producteur principal, qui s'était engagé sur le seul nom de George, reculait après lecture du scénario. Coppola avait fait beaucoup de tort à Conrad : un film mythique, certes, mais d'abord une apocalypse budgétaire. Et personne ne voulait assurer George au Congo. Personne n'imaginait Jessie au Congo. Et personne ne voulait d'une régie au Congo. En fait, personne ne voulait entendre le mot Congo. Réinventer le Congo : Hollywood était là pour ça, en studio. Et le bateau. La BBC s'était dite intéressée, mais l'idée d'un *vrai* bateau leur faisait faire machine arrière, ils voyaient déjà Kouhouesso en Werner Herzog se noyant dans un fleuve de livres sterling. Et on n'avait aucune nouvelle de Sean Penn. Et Anne Hathaway était surbookée.

Tout se bloquait, comme un vapeur qui manque de bois de chauffe ; une machine entièrement pensée, conçue, construite, avec le fleuve ouvert devant et l'énorme forêt alentour, mais dont l'équipage, à peine constitué, s'est évaporé. Le téléphone de Kouhouesso ne sonnait plus. Seul George l'encourageait à peaufiner le scénario tant qu'il avait du temps libre. C'est une liberté de savane, disait Kouhouesso, je suis libre de rien du tout.

Le seul domaine où il pouvait encore agir était celui du casting. Marlow était en suspens, rien ne se disait de la Promise, mais pour l'actrice noire il avait une série de rendez-vous avec des Afro-Américaines, des Nigérianes de Nollywood, des Caribéennes, et même la Surinamienne de la soirée chez George.

— Quelle Surinamienne ?

— La Surinamienne de la soirée chez George.

— Elle n'est pas noire.

— La Surinamienne de la soirée chez George ? Bien sûr qu'elle est noire.

— Lola ? Celle qui jouait dans *Lost* ?

— Bien sûr qu'elle est noire.

Lola Behn. Sur sa fiche Wikipédia on pouvait lire qu'elle était à 71 % européenne, à 26 % africaine, et à 3 % indienne de l'Orénoque. Elle avait participé aux tests ADN du programme « Racines ». 26 %, selon Kouhouesso, faisaient évidemment d'elle une Noire : « Pour les Blancs, si tu n'es pas totalement blanc, tu es noir ; les métis, ça n'existe pas. »

Elle avait l'impression d'entendre la blague de Coluche sur les lessives qui lavent « plus blanc que blanc » et « moins blanc que blanc » ; il ne la connaissait pas ?

Non. Il ne parlait jamais de son enfance. C'était dans l'absence de connivence, dans les signes de non-reconnaissance, qu'elle voyait se dessiner la silhouette d'un adolescent qui n'avait pas dansé sur Kim Wilde, qui n'avait pas bu de Malibu-ananas, qui n'avait jamais fait de skateboard, qui n'avait pas eu de walkman, qui n'avait pas connu MTV, et qui ne savait pas plus qui était Joe Dassin que Michel Drucker ou Coluche.

*

Dès qu'il partait, il redisparaissait. Deux jours, six jours, dix jours. Elle l'attendait. Et il revenait. Il revenait toujours.

Elle n'aimait pas l'idée qu'il ait rendez-vous avec toutes ces Noires, plus belles et jeunes les unes que les autres.

Elle lui avait demandé un mot, une certitude. Mais il n'était pas à un moment de sa vie où il pouvait s'engager. À cause du film. « Solange, les seuls engagements que je connais sont ceux des gens de ce métier. » Une des histoires qui le faisaient rire, c'était la valse des Steve McQueen, Al Pacino, Robert Redford et Jack Nicholson autour de Coppola : à dire ni oui ni non, ils l'avaient rendu fou au moment du casting d'*Apocalypse Now*.

Solange. Il avait dit son prénom : « Solange, les seuls engagements que je connais sont ceux des gens de ce métier. » Bien prononcé, avec la nasale -ange. C'était la première fois. Quand il n'usait pas du « hey » il l'appelait « Sugar » ou « Babe », de jolis noms canailles, toujours en anglais. Mais : Solange. C'était une preuve, sinon d'amour, du moins d'attention. Et il l'avait embrassée, *smack.*

Chaque nuit il reprenait son scénario, non pour le décongoliser, mais pour qu'au premier jour de tournage toute son énergie soit disponible pour les inattendus de la forêt. Et de Jessie, avait-elle envie d'ajouter.

La liberté de savane (apprit-elle sur Internet) était celle qu'on accordait à l'esclave de façon officieuse, sans papiers d'affranchissement.

« Il tourne en rond », lui dit Jessie d'un air penché. « Depuis que tu lui as parlé de Godard, il ne fait plus que jouer au tennis. » Jessie, en tête-à-tête, s'avérait remarquablement plus fin qu'en compagnie d'Alma. Par un phénomène qu'elle ne s'expliquait pas, la plupart des hommes ne se révélaient qu'en s'adressant à elle seule, c'est ce qu'elle affirmait à Rose : il y avait quelque chose en elle qui faisait s'épanouir jusqu'aux personnalités les plus ingrates.

Kouhouesso en short blanc traversait l'allée en direction de sa voiture. Le concierge mexicain lui ouvrait la herse. Elle restait là. Elle n'osait pas s'éloigner : elle ne savait jamais quand elle le reverrait. Et elle n'était pas totalement sûre que Jessie lui ouvrirait, sans Kouhouesso, avec Alma dans les parages.

Elle lui arrangea un dîner chez Peter Maximovitch, un ami d'assez longue date, qu'elle avait rencontré par Chabrol. Il y avait aussi

David Steinberg des *Sopranos,* Gaspar Melchior de HBO, et les types de ClickStar, qui seraient peut-être intéressés. Kouhouesso déclara n'accepter d'argent de la télé qu'à la condition d'une totale liberté de contrôle, un *final cut* inscrit dans le marbre ; et Maximovitch, qui s'y connaissait en folie, le regardait avec une forme d'admiration, en spécialiste qu'il était de l'autosabotage, du sabordage organisé. Quand Bob Evans arriva, très tard et très vieux, au bras d'une très jeune infirmière à très court costume, Solange regarda Kouhouesso avec espoir : tout le Hollywood de l'Âge d'Or était là. Il restait silencieux. Peter raconta une histoire qu'elle connaissait déjà, d'une virée à la sortie de son premier film : Coppola dans son énorme limousine post-*Parrain,* Friedkin post-*Exorciste* qui sortait la tête du toit, et Peter, dans sa Volvo pourrie, à leur tirer la bourre sur Sunset Boulevard et tous à hurler *moi moi moi,* un vrai concours à qui pisserait le plus loin.

Mais Kouhouesso semblait rattrapé par la fatigue. La soirée mollissait sur des considérations météo : Bob s'inquiétait que l'infirmière ait trop chaud, Peter n'avait jamais connu un décembre aussi torride depuis son arrivée à Los Angeles, le tout premier hiver des années 1970.

L'hiver où je suis née, songea-t-elle. À Clèves, très loin d'ici.

Était-ce une si mauvaise idée d'avoir voulu le présenter aux dinosaures, aux témoins de ce temps où Hollywood était une fête ? Un cinéphile comme lui aurait dû être fasciné. Son projet patinait, certes ; mais des épreuves, ils en avaient tous connu. Dans les années 1990, Maximovitch se promenait sur Hollywood Boulevard avec sa chemise mauve amidonnée et son bandana noué en lavallière. « *Vous vous souvenez de moi ? J'étais Peter Maximovitch.* » Il se faisait prendre en photo exactement à l'endroit où se trouve aujourd'hui la statue de Shrek. Mais il avait survécu si longtemps à sa chute qu'il était devenu une icône. Personnellement, elle le vénérait. Il aurait fait un Kurtz magnifique, maigre, ridé, arrogant : plus Kinski que Brando. Si Hollywood n'avait pas eu sa peau, le Congo ne l'achèverait pas.

Elle badinait, elle avait trop bu. Moins que Kouhouesso, mais trop. À ce moment de la conversation il était enfoncé dans son mutisme, mais toute la petite bande riait ; Peter, de tous ses vieux os, faisait Tarzan sur une liane imaginaire.

Kouhouesso avait alors dit une phrase, une seule, catégorique, d'une violence déplacée, d'un ton qui frisait la brutalité : « *C'est George qui jouera Kurtz.* »

« Est-ce que George a signé quelque chose ? » avait demandé Gaspar d'un ton informatif.

Kouhouesso s'était levé. Elle avait été obligée de le suivre, en s'excusant. Tout tournait. Elle avait dit *sorry, sorry*, à la volée, aux murs, aux domestiques. En se repassant le film de la soirée, elle avait honte, elle ne savait pas très bien de quoi, et c'était encore plus désagréable.

Elle se rappelait l'époque où son père était ingérable, à la fois trop voyant et mutique. Et le terrible sourire de sa mère. Elle aussi s'était retrouvée à « faire tampon », comme sa mère disait. Entre Kouhouesso et le monde. Mais tous les projets, à Hollywood, subissent un terrible feu de critiques, on les questionne, on voit ce qu'ils ont dans le ventre : c'est le *crash test* obligatoire du prétendant au trône de réalisateur.

Dans la voiture au retour, le silence était celui de leur fatigue singulière ; comme une troisième personne dans leur duo, cette fatigue embarquée à l'arrière, presque un enfant fatigue, qui pouvait à tout moment leur sauter à la gorge et les faire basculer dans un ravin d'angoisse et de haine – oui, de haine, une haine rentrée et silencieuse, une haine fatiguée. « Parle-moi », supplia-t-elle. Elle était saoule au volant, mais on était à Bel Air, tout près de chez elle, ça tournait moins que Topanga. Il s'endormait. La fatigue refluait vers l'Est, dans l'aube qui montait. Arrivés devant la grille, il voulait rentrer chez lui. Il secouait la tête en un refus massif.

Elle fit le tour de la voiture et l'obligea à sortir, elle luttait contre son poids, la gravité, elle luttait contre la force qui le tenait là debout, immobile, lourd, buté contre la terre et l'enfer, protestant dans une langue qu'elle ne comprenait pas ; beaucoup plus grand, beaucoup plus fort qu'elle. Elle entendit des sirènes – c'était trop bête, devant chez elle, un éthylotest ? Il y eut un tourbillonnement, lumières bleu-blanc, Kouhouesso plaqué sur le capot, les flics répétant une question : « Cet homme vous importune ? » Elle ne comprenait pas. Kouhouesso gueulait, elle était terrorisée.

Le concierge les avait sauvés. Ouvert la grille et expliqué aux flics que ces deux-là étaient ensemble et fouillé dans son armoire pour retrouver leurs clefs.

Dans leur matin de 14 heures, Kouhouesso s'éveilla sans un « hey ». À la télévision, trente-neuf collégiens avaient été tués à l'arme lourde. Par un garçon : ce n'était jamais par une fille. Elle voulait prendre un avion, mettre de l'air entre elle et l'Amérique. Elle lui caressa l'épaule ; mais Kouhouesso se secoua, décrocha sa main exactement comme un insecte.

Elle prit sa voiture et s'enfuit chez Olga, dans un coucher de soleil de catastrophe. Elles parlèrent toute la nuit, entre filles. Le lendemain elle roula au hasard dans Los Angeles. Ses larmes coulaient sur le ciel très bleu, dans la poussière de ce mois de décembre. Ses larmes coulaient sur les collines, sur leur sécheresse de savane, avec, trait vert, la limite luxuriante des jardins. Elle roula jusqu'à la mer. Elle donna ses clefs, en larmes, à un voiturier de Venice. Elle s'assit sur la murette devant l'océan stupide, gris sale et clapotant. Des surfeurs étaient posés dessus comme des mouettes. Une pelote de sanglots montait et descendait dans sa gorge. Ça faisait *poc poc* sur les frontons derrière elle : des joueurs de pala s'acharnaient à frapper contre les murs tagués. On se serait cru à Biarritz hors saison, quand elle avait quinze ans et zéro avenir. Sauf que la vie avait passé, et qu'elle s'arrêtait là, au bord du Pacifique.

Elle roula vers Topanga. On lui ouvrit : il était là. Il l'avait cherchée, où était-elle passée ? Ted avait appelé de la part de George. Un budget avait été dégagé pour financer le *story-board*. Elle soupçonna George de payer de sa poche.

Il l'emmena au restaurant. Ils prirent des langoustes, des huîtres rôties, du chablis, du saint-julien. Il avait retrouvé son rire. Il lui dit qu'elle et lui, même farine : ils ne pensaient qu'à eux. À leur intérêt tout personnel. Être un Noir et une Blanche, pas juste un homme et une femme : il faudrait qu'elle s'y fasse, la faute n'en revenait ni à lui ni à elle, mais datait des rafles dans les forêts. Il avait trouvé ses amis

intolérables. Légendes de Hollywood, mon cul.
Ils tenaient les clefs du château, et ils ne le lais-
seraient pas entrer. Son expérience lui prouvait
que les Juifs n'étaient certes pas parmi les plus
racistes des Blancs, à cause de leur histoire, et
grâce à leur aisance culturelle, à leur vivacité
d'esprit... Elle bondit. Il l'arrêta, elle était trop
française, barricadée dans ses propres préju-
gés, qu'elle le laisse finir : il aurait eu du mal,
comme toujours dans ces dîners, à isoler une
phrase vraiment raciste – il avait sa petite idée
mais passons –, c'était l'ensemble, et c'était fait
exprès : on ne peut jamais pointer l'ennemi,
il est pris dans l'entièreté de son monde, dans
son raisonnement de dominant. C'était ce bloc
qui l'épuisait, ce mur qu'ils lui opposaient sans
même s'en rendre compte, leur monde qu'ils
prenaient pour l'univers. *Universal Pictures présente !* Il connaissait ça par cœur. Et on aurait
ajouté un Blanc, juif ou pas juif, d'accord, on
aurait rajouté encore une putain de légende de
Hollywood ou un putain de jeune producteur,
le mur aurait grandi, le mur aurait forci, expo-
nentiellement. Il avait besoin de Jessie. Il avait
besoin de Favour ; Favour Adebukola Moon :
l'actrice noire qui sortait du lot. Il avait besoin
de George et d'elle aussi, oui ; mais – il rit – il
se méfiait. Il se méfiait de tout le monde. Même
de Favour. Il rit encore. Elle régla l'addition.

Jessie leur prêta un « bungalow » à Malibu : une villa de huit pièces sur la plage. Le story-boarder venait chaque jour ; ils s'enfermaient pour crayonner, plan par plan, le film que Kouhouesso voyait dans sa tête. Quand le dessinateur partait, tard le soir, Kouhouesso ouvrait des bouteilles devant l'ordinateur portable qu'il venait de s'acheter. Elle se couchait seule. Elle en venait à regretter le *prosélytisme* bavard de Jessie. Son agent ne comprenait pas pourquoi elle ne disait pas oui à *Urgences*. Elle n'osait pas lui avouer qu'elle attendait les dates d'un film hasardeux dans un pays impossible pour un rôle incertain. Au Congo.

Le reste du temps, Kouhouesso était assis sous l'auvent face à la mer, iPod dans les oreilles ou portable sur les genoux. Le film restait virtuel ; le story-board se dessinait moins pour prévoir les plans que pour rassurer les producteurs possibles. Elle se promenait sur la plage à marée basse ; elle le contemplait, silhouette assise derrière la rambarde, coincé dans une maison de rêve, dans son propre Congo, auprès d'une femme qui n'attendait que lui.

À quoi ça ressemble, un homme qui attend ? Tête penchée lourde d'alcool et d'impatience. Se consumant en projection mentale, en images de papier. Se frottant les yeux du plat des paumes, fort de sa grande lassitude. Elle lui tendait une main qu'il ne prenait pas. Ce n'était jamais le moment. Ou plutôt, c'était toujours aux moments où elle pensait enfin à autre chose, où elle s'apprêtait à aller nager, marcher, lire, qu'il se rapprochait d'elle et l'enlaçait. Et il parlait un peu, ensuite. Elle se plaignait de son humeur difficile. Il l'accusait d'appeler *humeur* tout ce qui ne la concernait pas. « Si je cesse d'y croire, qui y croira pour moi ? » « George », avait-elle répondu.

Elle descendait tous les jours sur la plage, pour le plaisir de la mer là, sous la maison. Sans ce film, sans cette obsession, ils auraient été heureux. Elle s'était mise à cuisiner. Elle aurait bien aimé avoir un chien à promener. Elle s'était liée avec les indigènes de la zone. On pouvait difficilement appeler « quartier » ce ruban de cabanes luxueuses entre mer et autoroute. Beaucoup avaient des chiens (bien que ce soit interdit), beaucoup fumaient (idem), et la conversation était facile. Il y avait un Ukrainien et une Chinoise qui s'étaient connus dans un hôpital psychiatrique et adoraient le raconter ; une grand-mère body-boardeuse qui cherchait toujours à faire garder ses petites-filles ; un architecte dépressif qui n'en pouvait plus de ses clients ; une Grecque mystique qui prêchait sur la dune. Des très pauvres, qui logeaient quasi sur la plage, et des très riches, qui y logeaient aussi mais autrement.

Un couple de Français l'avait reconnue malgré son chapeau et ses lunettes noires. Ils s'étaient posés là pour leur retraite, sur pilotis, comme des hérons. Ils voulaient absolument l'inviter à dîner ; elle souriait avec distance. Elle imaginait Kouhouesso dans leur délicieux intérieur – elle seule, au fond, pouvait le supporter.

Le week-end, la plage se démocratisait : plus de monde, davantage de familles, dont les domestiques des alentours. Et aussi des explorateurs venus de l'est de la ville, qui roulaient depuis le matin pour passer le dimanche à Malibu. Des familles noires armées d'énormes bouées, de parasols *Fritos* et de grands-mères assises sur des pliants. Les garçons se baignaient sans ôter leurs chaînes dorées (comme Jessie, mais très différemment de Jessie), et la plupart du temps sans savoir nager ; ce qui rendait nerveux les sauveteurs dans leur guérite. Elle avait envie de sympathiser, sans trop savoir comment. Complimentait les grands-mères sur leurs petits-enfants. Partageait des chips et des considérations sur le temps, avec souvent des difficultés pour percer leur accent, alors qu'elle comprenait Jessie et Kouhouesso, et Favour la Nigériane, et Lola du Surinam.

D'être séparée de Kouhouesso, même quelques heures, elle avait avec ces familles noires l'illusion d'être un peu avec lui. La familiarité était étonnante, oui. Mais peut-être n'était-ce pas tant lié à Kouhouesso qu'au déjà-vu des souvenirs du Pays basque, de sa propre adolescence. Les grands-mères obèses et les pliants. Les maillots de bain moches, les serviettes de plage qui n'étaient pas des *draps de bain* mais des nippes sorties de cabinets de douche. Elle se rappelait les rares journées de mer, à plus d'une heure de route, avec son disons fiancé de l'époque, qui lui faisait honte, et les autres filles de la plage, les – elle songeait : les Blanches – les Parisiennes, les touristes friquées ; quand elle se trouvait trop grosse et mal sapée, alors que – elle le savait maintenant – elle était la plus jolie, la vraie princesse. Et elle aimait ces filles à Malibu – pour un jour à Malibu – parlant trop fort d'être mal à l'aise, avec les maillots *Target* à dix dollars qui échouent à imiter les grandes marques, et les énormes glacières, et les poussettes dans le sable. Et les bébés.

Elle n'avait jamais pris de bébé noir dans ses bras (« un petit pruneau », disait sa mère quand elle en voyait à la télé). Elle n'avait jamais papoté crèmes solaires avec des filles noires, ni songé qu'elles se protégeaient elles aussi des UV. Mais elle aussi, elle avait eu un seul beau tee-shirt qu'on garde pour les grandes occasions. Très loin de là, à deux océans.

De grands ados venaient lui demander si elle était actrice. Ils la draguaient. Ça ne serait pas arrivé dans sa vie antérieure. Inimaginable. Jusque-là elle n'avait jamais bavardé, ni à Paris ni à Los Angeles, avec un de ces grands types à capuche. Mais elle n'avait plus peur. D'ailleurs ils auraient pu être son fils.

En 1960, à peine dix ans avant la grande époque des Friedkin et Coppola, le journaliste John H. Griffin, maquillé en noir pour son enquête *Black Like Me*, était mis en garde par des amis noirs : ne pose jamais les yeux sur une Blanche, *même* sur les actrices des affiches de cinéma. *Heading for trouble*. En Californie, le dernier lynchage avait eu lieu en 1947. Le type avait été capturé dans un ranch près de Gazelle, et pendu devant l'unique école du coin, à Callahan.

Le film se mettait à exister pourtant, mais comme une bande dessinée. Un crayonné touffu, l'ombre et l'humide en noir et blanc, la forêt. Le fanal du bateau faisait un cône sur l'eau noire et le reste du bâtiment semblait une baleine émergée, gris sur noir, parmi les îles et les bancs de sable. Les sentes taillées à la machette, la lueur des lampes à huile, les torches qui laissaient les Noirs dans l'ombre et faisaient exploser l'ivoire et l'or, et l'éblouissement des bûchers, et la nuit des grottes sacrées. Presque à chaque page le visage de Marlow, une tache blanche, un halo, comme un fantôme : Kouhouesso ne voulait lui donner aucun trait. Il croyait encore à Sean Penn. La première apparition de George en Kurtz était un gros plan sur son visage en sueur, puis un travelling sur un long corps maigre. George se disait prêt à perdre dix kilos ; Kouhouesso avait plaisanté sur les pouvoirs de la dysenterie locale.

Le directeur de la photographie et le chef éclairagiste vinrent travailler une journée à

Malibu. Elle entendit, sur le bruit des vagues, des éclats de voix ; le timbre grave et cassant de Kouhouesso. Au sortir du bureau ils la saluèrent à peine et ne restèrent pas dîner. Il y avait des pages du story-board, vers la mort de Kurtz, où toutes les planches étaient noires, avec juste quelques braises blanches, et des yeux, et des dents. Kouhouesso voulait travailler en lumière naturelle, ce qui, avec les appareils légers seuls possibles dans la jungle, présageait des images non seulement très sombres, mais floues.

La mer montait, indifférente. Les jours de gros coefficient, la vague cassait jusque sur la terrasse, le bruit était énorme sous les pilotis ; et il restait dedans, volets clos, dans le noir, et le soleil dehors explosait pour personne.

Son pays à elle n'était pas le Congo mais cette plage familière, si basque, avec Los Angeles en fond brumeux. Elle savait qu'à chaque instant elle pouvait le rejoindre : il était là, fixé par l'attente, dans la maison sur pilotis.

Elle bavardait avec les surfeurs. La plupart faisaient des heures de route pour venir chercher cette vague, une droite unique au monde. Puis ils séchaient à la verticale sur la dune, parmi les oisifs et les canettes vides. Debout comme des cormorans, le regard sur la vague qu'ils venaient de quitter. Elle avait déjà vu ces yeux chez certains surfeurs à Biarritz : chez les adultes, ceux qui y consumaient leur vie. Et elle se disait : c'est peut-être ça. C'est peut-être ça, que je reconnais. Ce regard calciné. Les yeux fixes, brûlés, hantés par l'horizon, chez cet homme impossible, Kouhouesso mon amour.

*

Une seule fois, elle parvint à l'entraîner sur le sable, au soleil couchant, après quelques verres et le départ du dessinateur. Elle était gaie, hâlée. Toute la vie se déroulerait ici, loin du Congo. Elle avait sa robe blanche, celle à bretelles et corsage au crochet, et son grand chapeau de paille et des nattes blondies. Il souriait, magiquement, imprévisiblement. Oui, elle était drôle, et vive, et irrésistible, et il était amoureux – il le fallait, sinon ? Sinon pourquoi était-il là ?

Il s'arrêta au bord de l'eau, se trempa le bout des pieds. Allez, viens ! Elle ôta sa robe d'un seul trait, bikini, Raquel Welch c'est moi, plongea du même élan dans les vagues, crawl musclé. Il leva son téléphone et la prit en photo : coucou.

Ils allaient bientôt fêter leurs six mois (il l'apprit avec stupéfaction) et elle n'avait jamais réussi à l'entraîner dans l'eau, ni jacuzzi ni piscine, encore moins dans la mer. Il disait que le sel abîme les dreadlocks. Il les lavait une fois par semaine, cérémonieusement, puis les séchait longuement : il craignait les moisissures. Ensuite la salle de bains sentait bon l'encens. Il avait voyagé en Inde et au Népal ; il avait dû rapporter un baume de par là-bas, ou de Dieu sait quelle boutique africaine.

*

Le dessinateur livra les quatre dernières planches : des fenêtres, du jour, un guéridon, la ville. Un visage très pâle, une robe noire corsetée, un chignon strict : elle. Baignant dans une lumière de vitrail. La courbe exacte de son corps, les seins petits, le nez long, les pommettes et le front hauts : son portrait. Elle avait le rôle. C'est comme ça qu'elle l'apprit.

Noël était dans trois jours. La seule information qu'elle avait pu tirer de Kouhouesso était qu'à la date qu'elle avait réservée sur Air France il avait, peut-être, un rendez-vous avec un assistant du producteur délégué de Mobius.

Ce matin-là elle s'éveilla tôt. La mer lisse reflétait le ciel vert, et deux museaux d'otaries creusaient des sillages. Sans ces otaries, il aurait été difficile de savoir où était la mer, et si le ciel n'emplissait pas entièrement le Pacifique. Elle se fit un café sur la terrasse, envoya quelques textos là-bas, en France. Puis elle se roula un joint et mit ses lunettes noires, les yeux fixés sur l'Est, plein soleil. À chaque minute un avion décollait de LAX, là où la côte était plate, dans le creux de la ville. Plus haut ils traçaient de longues lignes blanches, des rails de cocaïne qui sillonnaient peu à peu l'espace en tous sens. À 11 h 20, elle se dit que l'avion minuscule qu'elle voyait lentement se soulever de terre, là-bas, sans un bruit, elle sut que cet avion qui partait sans elle était le 11 h 20 pour Paris-CDG, immédiatement suivi par un autre, puis un autre, dans lesquels elle n'était pas, minute par minute virtuellement propulsée dans le ciel, mais accrochée ici tel le bivalve au pilotis.

Kouhouesso ne bougea pas de la journée.

La bonne nouvelle, c'est qu'Oprah Winfrey était peut-être intéressée. La production redémarrait.

L'ANGOLA EST UNE FÊTE

Le soir où ils rentrèrent à Topanga Canyon, ils trouvèrent la maison entièrement illuminée, trente voitures garées devant, un énorme sapin dressé au bord de la piscine. Jessie, torse nu, barbe blanche et boxer rouge, recevait en offrant de petits bols pleins d'une neige où étaient plantés d'adorables nains bûcherons. Les nains étaient en chocolat et la poudreuse se prenait par le nez. Il fallait un peu de temps pour décoder la tenue d'Alma : soutien-gorge en fourrure grise, mini-short façon Bunny, bottes Timberland en nubuk, et une muselière en cuir avec des rênes que Jessie faisait claquer sur son dos nu, pour rire. Le plus perturbant peut-être était l'étrange coiffe ficelée sur sa tête : des bois de cerf dorés, un trophée Spike TV qu'elle venait de recevoir pour le prix « Espoir télé le plus sexy – choix des hommes ».

« Elle est déguisée en renne », expliqua Jessie d'un ton d'évidence. Il faisait mine de la chevaucher, « papa Noël va passer par ta cheminée ma chérie, il a un gros cadeau pour toi ».

Ils s'enfuirent à l'étage. Heureusement personne n'avait squatté le loft, mais la musique en bas était très fort, et surtout on grelottait : Jessie avait poussé la clim' à fond dans toute la maison pour pouvoir faire une flambée dans la cheminée.

Ils se replièrent chez elle. Comme chaque fois que la réalité était contrariante (et elle l'était souvent) Kouhouesso était silencieux. Elle essayait de se taire aussi, mais elle n'y arrivait pas. Il fallait voir les choses en face : quand Jessie était là, la cohabitation était délicate. La solution pratique était que Kouhouesso s'installe chez elle pour de bon.

En attendant, elle mit sous leur sapin deux billets d'avion pour Paris. Elle avait racheté deux business au prix fort. On arriverait seulement le 26 mais son fils était grand maintenant, la date exacte de Noël comptait moins.

Il lui fit un bécot de remerciement sur la bouche ; mais il n'était pas sûr. Il fallait absolument qu'il trouve un moment, avant le tournage, pour aller voir ses enfants.

À Luanda.

En Angola.

Elle avait cru comprendre qu'il était né au Cameroun.

Des jumeaux. Qui vivaient avec leur mère. Leur beau-père était de Rio.

Elle ajustait très rapidement l'application « globe » qu'elle avait dans la tête, sautant d'une latitude à l'autre avec un large flou sur l'Angola. Passaient des enfants soldats, vêtus de tee-shirts sales trop grands pour eux ; et des enfants des favelas, sniffeurs de colle et prostitués.

Hollywood-Angola, Los Angeles-Luanda, LAX – LAD : il y avait un avion tous les jours. Direct. British Airways.

Mais quand il y pensait, les jumeaux seraient à Lisbonne pour le Nouvel An. La mère était portugaise. Et Lisbonne, c'est tout près de Paris.

Paris-Lisbonne !

Elle s'enthousiasma pour la modestie de la distance. Se fit la championne de la petite Europe. Vanta la vitesse des TGV, la qualité des autoroutes, le traité de Maastricht et les avions low cost. Alors que Luanda, c'est tellement loin.

Et tellement cher, ajouta Kouhouesso. On ne trouve rien à moins de 400 dollars la nuit. En comparaison, Rio, c'est moitié prix, et moitié moins loin.

Elle eut envie de lui dire qu'à Paris il n'irait pas à l'hôtel ; mais tout tournait trop vite pour ne pas s'en tenir strictement à la géographie.

La mère passait sa vie entre Rio, Luanda et Lisbonne, les trois ports de l'océan lusitanien. Les jumeaux, eux, passaient leur vie au Miami. Le Miami, c'était une des boîtes de la jet-set de Luanda, sur la presqu'île, les pieds dans l'eau.

Une fille et un garçon sur une page Facebook, à la beauté interstellaire. Rouges, verts, bleus, argent, pailletés par les boules à strass, les feux d'artifice et les lumignons qui semblaient constituer leur biotope. Faites tourner le globe à vive allure : vous aurez la couleur du futur. Luanda est une fête. Rio est *has been*. Lisbonne est *dead*. Les jumeaux avaient, tous les deux, leurs premières amours à Luanda : c'est le problème avec les adolescents – disait Kouhouesso –, ils *se fixent*, bien plus que les parents.

Dans la montée d'images sous sa boîte crânienne, elle ne trouvait rien à dire, sinon sur la beauté de ces enfants. *Les métis, ça n'existe pas* : elle connaissait le sort de ces phrases, les phrases de sa bouche à lui. Elles menaient à une autre image, un bébé qui aurait été le

leur, Kouhouesso et Solange, Solange et Kouhouesso.

Il faudrait quand même qu'elle lui dise, pour
son fils. Mais elle avait encore deux jours.

LA MORT A PLANTÉ SON PIEU,
NOUS AVONS JETÉ LA HOUE,
ET TOUS LES NOMS ONT ÉTÉ ÉPUISÉS

Kouhouesso avait vu Oprah. Et Oprah avait vu Kouhouesso : elle acceptait de coproduire. Un tournage en bateau, ordre chronologique, dont sortie d'un deux-mâts par la Tamise, cabotage le long des côtes d'Afrique de l'Ouest, remontée d'un petit vapeur sur un fleuve. Sinon au Congo, du moins – soyons raisonnables – au Gabon ou au sud du Cameroun : davantage de logistique, moins d'armes lourdes. Kouhouesso tiquait mais Studio Canal se mettait sur les rangs. Et Vincent Cassel avait le scénario dans les mains.

« Ça se tournera au Congo », lui dit-il, à elle Solange, et de cette affirmation elle retint moins la démesure que la confiance faite à elle, la confidence. Ils fumaient un joint au lit, ils avaient fait leurs valises pour Paris, départ le lendemain. « Kouhouesso au Congo », souriait-elle. Un bon antidote à Tintin. Il n'avait pas plus qu'elle mis les pieds au Congo, Kouhouesso. Pour lui aussi c'était l'inconnu ; pour lui aussi *l'Afrique* : celle de la forêt, l'intacte, l'inaccessible. Pour lui comme pour elle, ni macadam ni garde-fous. D'être Kouhouesso – d'être noir – ne l'immunisait contre rien. À ce qu'elle avait compris il était né dans un coin plutôt aride du Cameroun (elle n'avait appris que récemment qu'il y avait des coins *arides* du Cameroun). Il avait dans les deux ans quand il s'était échappé de la concession, et sa mère l'avait retrouvé mort, raide et sec comme un bout de bois. Elle l'avait emmené chez la guérisseuse, mais la guérisseuse avait dit qu'il fallait la sorcière. C'était sans doute un envoûtement. Il y avait une seule sorcière dans la vallée et elle ne faisait rien à moins d'une chèvre. Le père s'opposa violemment à cette dépense et à ce recours ; c'était un homme rationnel, en matière de démons il ne voulait rien entendre, ni d'autochtone ni d'ailleurs. Mais Kouhouesso était toujours mort et ressemblait de plus en plus à une bûche d'*assamela*, il durcissait et noircissait à vue d'œil, virait charbon. Quand il ne resta plus de lui que de la poudre, sa mère sortit en cachette des autres épouses et avec l'unique chèvre de la famille.

Et pendant que sa mère partait avec lui mort et la chèvre au licol vers l'arbre creux où nichait la sorcière, les phares des voitures disparaissaient sans fin derrière l'hôtel Bel Air. Elle lui demanda si c'était un conte traditionnel. Traditionnel de quoi ? rigola-t-il. De la douleur des mères, peut-être, songeait-elle, elle revoyait la sienne couchée entre ses chevets d'aluminium des années 1970. Mais l'enfance de Kouhouesso lui semblait des années encore plus tôt, aussi loin dans le passé qu'ils étaient loin dans l'avenir, eux, baignés par le cône des phares des voitures sur Bel Air. Voitures qui ne l'emportaient pas, dans lesquelles il ne disparaissait pas, lui qui parlait, ici, bien vivant dans ses bras.

La sorcière prit la chèvre et observa ce qui restait de l'enfant mort. Elle dit que l'enfant s'appelait Kouhouesso, qu'il avait de nombreux autres noms mais que Kouhouesso était son vrai nom. Qu'il était seul enfant, mais pas premier. Que la mère avait eu d'autres enfants avant lui.

Tout cela était vrai, parfaitement vrai-vrai. La sorcière dit que c'était un enfant d'une série d'abikous. Un abikou, c'est un enfant-démon. Il se loge dans le ventre des femmes, et il naît pour mourir, inlassablement. Et tant qu'on ne le reconnaît pas pour ce qu'il est – une entité malfaisante, torturante et rebourgeonnante –, il revient hanter les espérances.

La sorcière dit qu'elle garderait l'enfant le temps qu'il faudrait, mais pour les abikous c'était plus cher : il faudrait une autre chèvre. Sinon l'enfant vivrait, certes, mais tapi sous les racines en attendant de renaître abikou.

Donc Kouhouesso avait passé des jours et des nuits dans l'arbre creux avec la sorcière, et quand sa mère était revenue, il était vivant-vivant, il avait repris des couleurs, et il avait même forci. Deux petits triangles fraîchement incisés cicatrisaient sur ses tempes, que la sorcière recommanda d'enduire de suie ; la scarification faisait partie de la médecine.

Ce qui s'était passé dans l'arbre avec la sorcière, à son avis à lui, Kouhouesso-adulte porteur de triangles à ses tempes, c'est que la vieille l'avait enterré jusqu'au cou dans la terre souple et humide, la terre d'humus sous l'arbre creux, et elle n'avait cessé, goutte à goutte, de donner à boire de l'eau mêlée de lait à la petite bouche qui en sortait ; comme faisaient les Peuls, les Khoisas, les Touaregs, les Songhaïs, les Berabiches, les Reguibats, les Toubous, les Haoussas, les Toucouleurs, et aussi les Aborigènes d'Australie, dans les cas de déshydratation grave.

La mère, elle, tous ces jours et toutes ces nuits, avait prié, à l'église et devant les autels, des prières de combat. Et elle avait parlementé avec le père pour vendre un arpent de palmiers à vin afin d'acquérir une autre chèvre. Le père avait crié au kidnapping, à la rançon, et qu'il irait lui-même chercher son fils mort ou vif. Mais, par un phénomène extraordinaire, il se heurtait à un mur invisible. Il voulait sortir de sa maison mais il se retrouvait par terre comme un homme saoul, et son front gonflait de bosses inopportunes. Ce qui autorisa la mère à mener à bien la transaction chèvre-arpent et à récupérer son fils, Kouhouesso, qui aujourd'hui parlait à Solange dans la nuit de Los Angeles.

Il disait se souvenir de l'odeur caprine de la sorcière, et d'une sensation enveloppante et douce, sombre et mouillée. Et de ce jour, il n'eut plus besoin de *rien ni personne*.

Solange affirma que c'était un souvenir utérin, une métaphore d'un contentement perdu que nous avons tous connu. Sous LSD on se fabrique aussi ce genre de souvenirs.

À quoi Kouhouesso souriait en tirant sur le joint. L'Afrique existe, disait-il. Avant lui, trois enfants étaient morts, trois fils pleurés alors qu'ils étaient le même démon revenu dans la même matrice. Lui, Kouhouesso, était le premier à avoir vécu, parce que le fils précédent, enfin reconnu comme il fallait, avait été enterré avec les rites. La féticheuse avait planté sur sa tombe, du côté de la tête, un pieu spécial, tressé de feuilles choisies. L'abikou cesserait d'importuner la famille. Neuf mois après Kouhouesso était né, qui signifie : « la Mort a planté son pieu ». Il était né pour ce nom, qu'il avait rempli : il avait vécu, passé l'âge des sept ans où l'abikou peut encore se révéler ; et vécu toutes ses années depuis.

Il avait été suivi par une fille, qui avait vécu aussi et répondait au nom de Kosoko ; qui peut se traduire par « nous avons jeté la houe » – la houe qui sert à creuser les tombes. Elle était restée au pays et ils échangeaient parfois des photos sur Facebook. Enfin un dernier frère avait vécu aussi, qui faisait des chantiers en Afrique du Sud : Orukotan, « tous les noms ont été épuisés ».

Ce dernier nom est un nom puissant, qui éloigne à jamais les enfants abikous mais aussi les enfants tout court, et de fait, la mère s'était arrêtée. Et de fait, le père était mort, assez vite, de septicémie.

« Moi aussi, dit Solange, je suis née après un enfant mort. » S'ils avaient eu des rites au village, s'ils avaient réussi à enterrer l'affaire avec des pieux, des houes et des noms à coucher dehors, s'ils s'étaient rassemblés autour du petit mort en faisant les zoulous, est-ce qu'ils auraient été moins sauvagement dévastés ? Est-ce que, mettons, ils seraient parvenus à se parler ? À se réunir un peu joyeusement pour Noël ? Elle eut un mouvement vers la photo dans la bibliothèque mais Kouhouesso dit une phrase d'une grande solennité : « Tu es un genre d'abikou du Nord. C'est peut-être ça qui m'a plu. »

Elle lui avait donc plu. Il le disait : « qui m'a plu ». Et comme elle allait lui révéler le nom de son frère (un prénom tout bête, et tellement français), comme elle allait lui raconter un petit bout de tous ses grands secrets, comme elle allait, dans cette confiance amoureuse, dans cette veille de départ, dans cette intimité du joint, lui livrer un tout petit bout de ce dont ils ne parlaient jamais, ou pas encore, du passé, des familles – peut-être de son fils, peut-être de l'avenir – comme elle allait parler il l'embrassa sans question et ils refirent l'amour.

BUSINESS CLASS

Il avait horreur du bla-bla psychologique. Toutes les inventions du Nord n'étaient pas à rejeter, bien sûr – la médecine et la science étaient particulièrement bienvenues – mais la seule psychologie valide était à l'œuvre dans les rêves, dans les tabous et dans les forces souterraines. Comme acteur, il avait toujours refusé les mobiles psychologiques, le tralala des indications à la Coppola, celles qu'il donnait à Brando, à Hopper ou à Sheen – tous plus drogués et désespérés les uns que les autres, de toute façon. Les phénomènes liés à l'inconscient collectif l'intéressaient, et toutes les formes de communication non verbales ; mais l'inconscient privé le laissait de marbre. Dans *Cœur des ténèbres* il n'y a pas *une seule* explication psychologique : des faits, des actes, des conséquences. Une pulsion : la rapacité. Un comportement : la brutalité. Un effet : la haine. Au public d'en déduire le sentiment si ça lui chante. Comme metteur en scène il laisserait acteurs et actrices fouiller en leur tréfonds, mais en silence par pitié.

Elle aimait un homme qui se prénommait La-mort-a-planté-son-pieu. Elle essayait de se faire à cette idée. Et elle adorait qu'il lui explique, qu'il ait à cœur de la convaincre. S'il lui parlait c'est qu'il l'aimait.

Dans l'avion il était très heureux. Il avait envie de revoir Paris, les monuments. Le nombre de ses rendez-vous pour le film était inespéré. Il allongeait ses longues jambes dans le long siège, elle lui tenait la main entre les larges accoudoirs, il aurait fumé avec plaisir un cigare. Ils se firent servir du champagne, de la vodka frappée et des petits-fours aux truffes. Air France restait Air France nom de Dieu. Il jurait rarement, ou pour rire. Il mettait même une certaine emphase à parler un français plus châtié que nécessaire, comme s'il se sentait en charge de tous les Africains du monde, de leur parfaite bonne tenue. Dans la cabine business du vol AF066 pour Paris, dans ces nouveaux A380 si gros, si lourds, où on ne sentait au décollage qu'un roulement souple – ici, dans le luxe des airs, en survolant les neiges du Nord, c'étaient aux hôtesses qu'il s'adressait. Ils avaient le champagne, et la beauté, et le plaisir d'être regardés, reconnus, de se voir offrir une foule d'attention, et d'être évidemment le couple le plus glamour de l'avion (538 passagers).

Oui, il avait envie de revoir Paris, les monuments. Et il était content de tous ces rendez-vous. Quand il avait réussi à émigrer, Paris lui avait semblé plus familier que le pays où il était né. Le Cameroun était dysfonctionnel, mais lui ne l'était pas. Il reconnaissait tout. La culture, la langue ; il avait côtoyé la France de toute son enfance. Récité Molière et Racine et passionnément aimé une prof (sur ce chapitre, il resta discret). La structure des Français, les structures du français, sa tête en était modelée. La ville, il l'avait vue mille fois. La netteté des avenues, leur taille franche entre les façades, les trottoirs, les passages piétons, l'abondance des vitrines, le brillant des voitures, l'efficacité du métro : il avait tout identifié. Il était de là, il était chez lui, dans le monde fluide, ouvert, étincelant.

Il avait pu louer un appartement grâce à un metteur en scène qui avait pris le bail à son nom. Il avait voulu devenir français, sa demande avait été rejetée. Il n'avait qu'un visa provisoire mais il avait une Mercedes, un beau modèle vintage comme il les aimait. Il jouait un Tchekhov à Avignon, il avait descendu tout le couloir du Rhône : sa bagnole était poussiéreuse, il ne voulait pas arriver au Festival comme ça. Il avait trouvé un garage où la faire nettoyer à la main, il avait distribué des pourboires et inspectait la finition quand un type s'était garé et lui avait tendu ses clefs : « Quand tu auras fini avec celle-là, tu feras la mienne. »

Rien, un incident. Mais il avait dit merde à la France, en *africain* et en universel, et il était devenu canadien.

On venait de survoler un grand bout du Canada. La calotte polaire, refaite pour l'hiver, défilait dans le hublot. Le Canada était un pis-aller. C'était son « seul dépit amoureux », lui dit-il : le Canada l'avait fait sien, mais il n'était pas canadien.

Elle laissa passer un temps et lui répondit que Paris était sa ville à elle, qu'elle serait heureuse de lui montrer la rue près de Charonne où elle avait eu sa chambre, le théâtre des Amandiers, et ses amis Daniel et Laetitia, puis, en chemin pour Lisbonne, le Pays basque, c'était quand même Noël, elle y avait sa famille… Il avait hélé l'hôtesse pour un peu plus de *champagne* (avec l'accent parisien) et il lui tendit sa coupe, *tchin* : « À *Cœur des ténèbres* ! »

Elle lui fit une scène, là, *business class*, au long du Cercle polaire. Cela faisait des mois qu'elle n'entendait causer que de son film, il pouvait peut-être s'intéresser deux minutes à ses dadas à elle ? Ou était-ce une incapacité *congénitale* à écouter ce qu'elle avait à dire ?

Les glaciers défilaient impassibles, le Groenland profilait son museau. Il s'excusa : « Paris est une des portes du film. Quand j'aurai terminé, j'aurai l'esprit plus libre. »

Elle décida qu'il était plus sincère que mufle. Un film – pré-prod', tournage, montage, post-prod', distribution : un an. Elle attendrait.

COMMENT NE PAS PERDRE
LA TÊTE

Le petit studio prêté par Daniel et Laetitia était, comme toujours, délicatement fleuri, avec, merveille, un petit sapin de Noël. Elle déplia le clic-clac et la minuscule pièce sous les toits fut tout occupée par le long corps de Kouhouesso. Ils émergèrent à la nuit tombée, il n'était que cinq heures, l'hiver sur les toits de Paris. Dans le coin kitchenette, mansardé, il devait se pencher pour ne pas se cogner. Elle lui apprit l'expression « poutrape », pour les poutres apparentes qui font le charme du Marais. Elle appela un contact pour de l'herbe et ils se firent aussi livrer du bon vin. Il avait à peine écouté ses messages, à peine consulté ses mails, il était, apparemment, *en vacances* pour la première fois depuis qu'elle le connaissait.

Il se doucha à son habitude : coiffé d'un sac de supermarché. Même chez les coiffeurs spécialisés il n'avait jamais réussi à trouver un bonnet de douche assez grand. Il s'installait devant le miroir, enfournait longuement ses dreadlocks puis nouait les anses sur la nuque. Elle le regardait faire ; ça lui rappelait son père se rasant avec soin, quand elle était petite.

Ils firent l'amour rapidement, d'un jet, souffle coupé. Elle aurait donné dix ans de sa vie pour ces quelques minutes. La folie c'était ça. La maladie.

Elle aurait pu rester là, en autarcie sous les toits, jusqu'à la fin du monde, mais il voulait aller dîner. Il faut toujours que les hommes mangent, et sortent. Il lui parlait en camfranglais : « *Fais quoi fais quoi, on johnny là ?* » ; de Johnnie Walker, le whisky du marcheur. Elle rit, ils partirent d'un bon pas vers Bastille. Ils s'arrêtèrent chez Zadig et Voltaire, les vendeuses s'empressaient, elle lui offrit un cachemire très fin, vert d'eau. La ville illuminée était plus claire qu'en plein jour, Paris vu par satellite devait clignoter comme un sapin.

« Solange. » Il l'appelait. Le raffut du trafic sur la place était tel qu'il avait eu besoin de dire les syllabes, *Sol-ange*, le *an-* comme dans *champagne*. Elle se sentit pétiller. Elle, et aucune autre : Solange. Elle se matérialisait. Elle existait, de toutes les femmes ici sur ce lieu de la Terre qui avait vu changer le monde, « Solange ! ». Il lui montrait, côté canal de la Bastille, l'entrée de la fête foraine, la statue de nègre à grosse bouche qui recueillait les tickets sur son plateau de majordome.

Elle, elle tendit le doigt vers le Génie de la Liberté, sur la Colonne : il brandissait des chaînes, des chaînes rompues. Il la traita d'idéaliste, il lui dit « my little French woman ». Et il l'embrassa.

Rétrospectivement, cette courte promenade dans Paris fut peut-être le moment le plus heureux de sa vie. Tout ce qui suivit ne fut qu'une descente du haut de ce climax, un décentrement redoutable.

Les gens les regardaient. Ils étaient beaux bien sûr, beaux comme en avion ; mais il y avait autre chose. Ils étaient politiques. Elle qui n'usait jamais de ce mot goûtait la provocation de se promener à son bras. Rien : une infime perturbation de l'espace, une légère vacillation dans le regard des passants : un Noir et une Blanche. Ensemble. Beaux et riches et heureux. Et toujours, remarquait-elle, une pointe d'envie, ou de connivence, une sorte d'agressivité à l'envers, le regard qu'auraient eu des passants pour un couple de bandits célèbres, des utopistes condamnés mais superbes, des Bonnie et Clyde du Bonheur de l'Humanité. Solange et Kouhouesso, priez pour nous.

Elle se serra contre lui. « Nous ne laissons personne indifférent. » « Ça va de soi, s'amusa-t-il, nous sommes des stars. » Paris tournoyait, la

place les emportait, *comment ne pas perdre la tête,
serrée dans des bras audacieux ?*

Au bout du canal, à Richard-Lenoir, elle le
perdit quelques secondes. Il était entré dans
une parapharmacie et il stationnait, imman-
quable et grand, au rayon capillaire : devant le
baume karité-argan spécial pointes sèches de
chez Carissa. Sous l'œil scandalisé d'une vendeuse, il ouvrit un flacon et lui fit sentir. C'était
ça. L'encens. La myrrhe et l'or, les Mages. Ses
jambes mollirent, elle lui attrapa la nuque, elle
l'embrassait. « Je n'en trouve qu'en France »,
lui dit-il. Prenait-il l'avion dès qu'il tombait
à court ? Séduisait-il une Française à chaque
pénurie ? La vendeuse, à un mètre d'eux,
s'était immobilisée, fascinée. Il fit une Ameri-
can Express pour un SMIC, ils partirent avec un
plein sac de flacons.

Ils prirent un taxi, dînèrent au *Terminus Nord.*
Elle aurait aimé lui faire visiter la Goutte d'Or,
mais il n'avait aucune envie des quartiers africains, aucun goût pour cet exotisme, ni *ndolè* ni
poulet-arachide : il voulait du foie gras et de la
confiture de figues, des huîtres, des bulots, une
sole grillée et du pouilly-fuissé.

Ils bavardèrent, elle avait chaud, le vin et le
jetlag et quelque chose de Noël qui la tenait
aux joues. Elle évoqua Clèves, ses Noël du Sud,
l'absence de la neige ; le vent rouge, parfois,

158

qui laissait aux fenêtres un sable dont sa mère disait qu'il venait du Sahara. Mais déjà elle n'avait plus son attention. Elle le connaissait : ce qu'il aimait quand elle parlait d'elle, c'était les histoires croisant la Grande : ce que ça voulait dire d'être basque, par exemple ; ou son expérience de la France, de cette école-là, de la laïcité, l'étonnant refus républicain du mot « race ». Elle pensait à son fils mais elle parla de Brice, son amant antillais, et du fait qu'elle n'avait pas vu qu'il était noir.

Kouhouesso haussa les épaules. Elle insista. À l'époque, elle avait vu autre chose en Brice. Mais à parler sans cesse Congo et Conrad, forcément on a toujours la couleur en tête.

Il se frotta les yeux du plat des mains.

« Tu as vu le regard de la vendeuse. » Ce n'était pas une question mais un constat.

« N'importe qui ouvrirait les précieux flacons Carissa sans montrer qu'il va les acheter serait assassiné du regard », implora-t-elle.

« Qu'est-ce qui l'autorisait à croire que je n'achèterais pas ? »

Elle laissa tomber, c'était inutile, il ne voulait pas entendre. La fatigue rôdait comme un coyote.

Elle reprit pourtant : « Brice lui-même ne parlait jamais de sa couleur. » Il coupa : « Ce que tu réclames, c'est un certificat. Un certificat de non-racisme. Aussi bien tu ne couches avec moi que pour l'obtenir. »

Elle secoua la tête avec une énergie de cheval, de cheval blessé. Elle murmura le mot *paranoïa*.

Il pressa ses paumes contre ses yeux, puis les ouvrit en signe d'apaisement. « Toutes ces employées charmantes, elles me font penser à ces Américaines qui se précipitent pour me dire bonjour et au revoir et faire croire qu'elles sont *color blind*, aveugles à la couleur. Elles tiennent à leur certificat. Écoute. Tu n'es pas ce genre de petit modèle. Mais si tu n'as pas vu la couleur de Brice, ça ne prouve rien d'autre que ton *refoulement.* »

Le salaud avait fait lui aussi une psychanalyse. Jungienne, lui avait-il dit. À Palo Alto, aller et retour deux fois par semaine en coupé Mercedes.

« Je ne vois pas ce que je refoule », protesta-t-elle.

« Je ne sais plus qui a dit : *être juif, c'est se demander ce que c'est qu'être juif.* Moi je me demande ce que c'est qu'être noir. Or tout le

160

monde semble le savoir. Quand on est noir, c'est en permanence que les autres le voient. Et l'autre, c'est qui ? C'est moi. Le rôle qu'on me demande de jouer. »

Elle ne voulait pas parler des Juifs. Ni des Noirs, d'ailleurs. Ni des autres. Elle voulait parler d'eux et de la suite de leur voyage et de Lisbonne ou pas Lisbonne et des enfants.

Ils finirent les fruits de mer. La sole arriva, il la renvoya, trop cuite. Une autre sole revint, parfaite. Il lui demanda de l'aider à lever les filets, puisqu'elle était née petite-fille de pêcheur. Elle fut touchée qu'il s'en souvienne. Il la regarda avec douceur. Il savait combien la vérité est cassante. Qu'ils le veuillent ou non, *fais quoi fais quoi*, ils héritaient de siècles de mains coupées, de coups de fouet et de déportation. Et il ne croyait pas que l'amour soit plus fort que la mort, c'était bon pour Walt Disney. Non, on ne peut pas s'aimer dans une bulle ou sous le parapluie de Mary Poppins.

Amour. C'était la première fois qu'il prononçait le mot. La première fois qu'il conjuguait à leur propos le verbe aimer.

Elle l'invita, elle avait reçu le gros chèque de la Warner, et puis ils étaient sur son sol. D'ailleurs à L.A. ils ne sortaient jamais.

J'AI DEUX AMOURS

C'était la trêve des confiseurs (elle lui apprit l'expression), pourtant il avait une série de rendez-vous, dont le jour même à Studio Canal, et le 31 avec Why not. Et le nom de Vincent Cassel circulait, magique. Cassel… Cassel… le nom sifflait dans le vent.

Elle consulta les horaires pour se rendre à Clèves (et peut-être à Lisbonne) et leur réserva deux premières en TGV pour le lendemain, une échappée de trois jours. Kouhouesso était d'une humeur délicieuse. Nu sous les poutrapes, il chantait en se trémoussant, une imaginaire ceinture de bananes autour des reins :

J'ai deux amours toutiyou tiyou
Mon pays et Paris
Par eux toujours toutiyou tiyou
Mon cœur est ravi
Hollywood est belle
Mais à quoi bon le nier

Ce qui m'ensorcelle
C'est Paris, c'est Paris tout entier

Il lui parla de Joséphine Baker ; de Katherine Durham ; de Miriam Makeba. Lui montra un concert de Makeba sur YouTube, à Stockholm en 66, elle porte un fourreau en léopard. « Est-ce ça ne fait pas le jeu des racistes, de se mouler dans du fauve quand on est noire ? » demanda Solange. Il lui expliqua l'affirmation royale de la peau du léopard. Les seules stars noires, à l'époque, étaient américaines ou caribéennes. Il s'étonnait, s'extasiait presque : comment peut-on ignorer Makeba ? Il mit *Pata Pata*, il lui prenait la main pour danser. Il voulait un film populaire, clinquant, sexy, plein de musique et d'aventure, pas un film snob, pas un film français. Il avait rendez-vous avec Boris, de Formosa, qui avait déjà produit en Afrique.

Elle s'étonna de ne pas l'y accompagner : elle connaissait bien Boris de Formosa. Mais il fallait croire que Kouhouesso avait décidément un passé ici, une vie et des *connections*.

La nuit était tombée, elle l'attendait au studio dans le clignotement du sapin. Ils devaient dîner chez Daniel et Laetitia. Les minutes pulsaient. Elle avait passé l'après-midi avec Rose, s'était empressée de lui raconter l'épisode *tiyou tiyou*. « Mais il est très drôle ! avait dit Rose. Un homme comme ça, ça s'épouse, ma chérie ! » Elle se regardait dans le miroir de la salle de bains. Avait-elle de trop petits seins ? Et son ventre ? Ligne toujours impeccable. Des hanches de jeune fille. Il n'était que temps de lui dire, pour son fils.

Elle rappela Rose. Elle appela sa mère, et son père, et son fils. Elle appela Daniel et Laetitia, pour les avertir qu'ils seraient en retard. Elle vit son appel sur l'écran, *Kouhouesso*, elle le prit tout de suite : qu'ils commencent sans lui, il était très *busy*, Cassel était de passage à Paris, il pouvait l'attraper à Belleville.

La Lune était pleine. Le faisceau du phare de la tour Eiffel, en rond, faisait osciller les toits gris. Si elle dessinait leur amour sous forme de cercles, il occuperait tout le centre de son moi ; et elle, elle serait à la périphérie de lui, comme une petite Lune dont il ne subirait nullement les marées et qui n'éclipserait jamais sa Grande Idée.

*

À 22 h 15, dans le taxi, il la grondait de l'avoir attendu. « On dîne très tard à Paris », se justifia-t-elle comme d'une coutume locale. Il était excité, radieux. Cassel avait envie de le faire. Et il avait de nouvelles idées. Boris lui avait fait passer le texte d'un discours que Sarkozy venait de prononcer à Dakar. Kouhouesso lisait des phrases très fort, et rigolait avec le chauffeur de taxi, qui s'avérait de Brazzaville. Il imaginait intégrer à ses dialogues des extraits, tels quels, dans la bouche du personnage du directeur de la Colonie :

Le drame de l'Afrique, c'est que l'Homme africain n'est pas assez entré dans l'Histoire. Le paysan africain, qui depuis des millénaires vit avec les saisons, dont l'idéal de vie est d'être en harmonie avec la nature, ne connaît que l'éternel recommencement du temps rythmé par la répétition sans fin des mêmes gestes et des mêmes paroles. Dans cet imaginaire où tout recommence toujours, il n'y a de place ni pour l'aventure humaine ni pour l'idée de progrès. « Des phrases en direct du XIXᵉ siècle », expliquait Kouhouesso, impitoyable et verbatim. *Dans cet univers où la nature commande tout, l'homme échappe à l'angoisse de l'Histoire qui tenaille l'homme moderne mais l'homme reste immobile au milieu d'un ordre immuable où tout semble être écrit d'avance. Jamais l'homme ne s'élance vers l'avenir. Jamais il ne lui vient à l'idée de sortir de la répétition pour s'inventer un destin. Le problème de l'Afrique – et permettez à un ami de l'Afrique de le dire – il est là.* « Des phrases sans charnier. Des phrases sans la moindre petite rapine. Des phrases d'avant Léopold II. » *Le problème de l'Afrique, c'est de cesser de toujours répéter, de toujours ressasser, de se libérer du mythe de l'éternel retour, c'est de prendre conscience que l'âge d'or qu'elle ne cesse de regretter, ne reviendra pas pour la raison qu'il n'a jamais existé. Le problème de l'Afrique, c'est qu'elle vit trop le présent dans la nostalgie du paradis perdu de l'enfance.*

Il copiait-collait sur son portable, dans le taxi, jusqu'en bas de chez Daniel et Laetitia. Le chauffeur de taxi ne disait plus rien. En état de choc, ni plus ni moins, le chauffeur. Est-ce qu'on ne pouvait jamais parler d'*autre chose*? Il était 22 h 51, elle envoya un ultime texto à Daniel pour lui demander le code de la porte. Ils sonnèrent et Daniel ouvrit et elle dit « Kouhouesso » et Daniel dit : « Oh. Enchanté. » Et elle sut que le « oh » était de trop.

*

Dans le taxi du retour il avait ce geste de presser ses paumes sur son visage, ce geste fébrile et comme absent et qui était – elle avait appris à le lire – un geste de désolation.

Fallait-il *prévenir* les gens ? De quoi ? De son mètre quatre-vingt-dix ? De sa spectaculaire beauté ? De sa montagne de cheveux ? Était-ce elle la coupable, de prendre les gens par surprise ? De ne pas avoir prononcé plus tôt son nom difficile ? D'*être* avec lui ?

« Je suis obligé de les connaître mais eux ne font pas l'effort de savoir d'où je viens. »

On longeait le Bois de Boulogne. Le chauffeur, moldave, ne participait pas.

« C'est l'inverse… ils sont curieux, au contraire… Ils n'osent pas te poser de questions parce qu'ils ont peur de, je ne sais pas, de te stigmatiser par la question des origines. »

« Moi je n'ai pas peur de la question des origines. Eux voient Paris au centre du monde. Les trois Guinées et le Ghana, le Niger et le Nigeria, la Zambie et le Zimbabwe, pour eux bonnet blanc blanc bonnet. Et s'ils se souviennent de la Bataille d'Alger c'est le bout du monde. »

Il s'enfermait dans sa nasse de colère, dans l'Histoire sanglante et butée, l'Histoire solide. Il était dans un passé, dans un présent géodésique qui – ici, à Paris – ne concernait que lui. Et elle dans le taxi, elle voulait être avec lui, ensemble dans le temps irréconciliable.

Elle se tourna vers les grands arbres noirs et dit qu'elle avait un fils. Qui avait choisi de vivre avec son père, avec qui il s'entendait bien, mieux qu'avec sa mère, à qui elle l'avait confié il y a de ça, disons peu après sa naissance, son père à elle s'entend, vu que le père présumé avait disparu, avait déménagé, quand son ventre s'était fait trop voyant, elle l'avait eu très jeune, trop tard pour avorter, et *fais quoi fais quoi* (elle aimait l'expression), voilà.

Kouhouesso savait.

Il savait quoi ? Qu'elle avait eu au moins un enfant. Avait-il lu des ragots ? L'avait-il *googlée* ? Non (il baissa la voix pour le chauffeur moldave) : les aréoles de ses seins. Elles étaient brunes. « Les Blanches ont les aréoles pâles, sauf celles qui ont enfanté. » Elle eut l'impression de retourner, en taxi, non seulement à Clèves mais aux années 1980, quand elle entendait et répétait n'importe quoi – que ça se voit quand on n'est plus vierge et que les garçons aux longs doigts ont une longue bite. « C'est une vérité hormonale », insista Kouhouesso. Qui lui avait raconté ça ? Avec combien de Blanches avait-il couché ? Est-ce que les Noires ont les aréoles qui foncent ? Pourquoi débordait-elle toujours de questions, et pas lui ?

LE PROBLÈME DE L'AFRIQUE

Dans l'escalier du petit studio, il lui dit qu'il avait un rendez-vous le lendemain matin. Dans quelques heures. « Mais le train », s'étonna-t-elle. Il eut l'air surpris. Une énergie centrifuge dispersait le sapin, ses parents, son fils : s'il restait, elle restait à Paris. Non, qu'elle aille donc voir sa famille ; lui, le film exigeait sa présence ici. Sur le palier, ils se disputèrent. Elle fouillait dans son sac pour trouver les clefs, ils avaient trop bu, elle mettrait le réveil demain matin comme prévu et ils partiraient, ils prendraient leur putain de TGV. Le voisin jaillit, drapé dans sa dignité et son peignoir – ça y est, se dit-elle, on va finir au poste pour tapage nocturne et délit de je ne sais quoi. Mais le voisin leva les yeux vers Kouhouesso et rentra dans sa case. Elle ne trouvait pas les clefs. Kouhouesso tempêtait à voix basse, sa série de rendez-vous, il fallait qu'il soit *en forme*. Les clefs avaient glissé dans la doublure du sac.

Il s'installa à son ordinateur. La lumière la gênait. Quand il finit par s'allonger il n'eut aucun geste, il s'endormit d'un coup. Elle se leva. Fouilla dans sa veste. Son passeport était là, le petit livret canadien bleu marine, aux armoiries du Commonwealth. Si elle le lui piquait, il ne s'échapperait plus, c'était une garantie.

Ses noms et prénoms occupaient deux lignes entières. Kouhouesso Fulgence Modeste Brejnev Victory Nwokam-Martin. Il n'y avait qu'un seul être au monde à avoir une identité pareille, on pouvait en être sûre. Il lui avait raconté que son père avait des sympathies communistes, ceci expliquait peut-être une partie de cela. Quant à la part française de son nom, il l'avait de toute évidence laissé tomber.

Sur la photo, il avait l'air tout jeune, les dreadlocks plus courtes, l'air ensommeillé.

Elle replaça le passeport dans la veste. Voler ses papiers à un Noir, on pouvait difficilement faire plus dégueulasse.

Le réveil sonna à six heures. Ils s'habillèrent, se firent un café, Kouhouesso attrapa les clefs sur la table et lui porta sa valise jusqu'à la gare Montparnasse.

Qu'il était inutile qu'elle le rejoigne à Lisbonne. Qu'il n'était pas sûr de s'y rendre. Voyons les choses en face : ils n'étaient ni l'un ni l'autre très famille. Qu'il fallait qu'elle lui échange son billet retour pour L.A. en billet *open*, elle seule pouvait le faire vu qu'elle avait opéré le paiement. Qu'il lui rembourserait la différence – les frais de toute façon passeraient en pré-prod'.

Elle s'assit place 15 du wagon 1. Il monta sa valise à bord. Quand il descendit sur le quai elle sentit le déséquilibre, le train qui penchait. Elle s'appliqua à respirer pour rester calme. Il posa sa main à plat contre la vitre, paume rouge sur laquelle elle posa la sienne, plus petite, froid du verre – est-ce que leurs lignes de destin et d'amour se rejoignaient, s'aiguillaient vers le même horizon de peau striée – elle colla sa bouche à la vitre mais il ne l'imita pas. Il souriait, les yeux cernés, la buée le couronnait.

Au premier cahot la buée s'évanouit. Le contour de leurs mains demeura, fantomatique, et quand elles s'effacèrent, elle eut le sentiment qu'elle ne le reverrait jamais, qu'il ne fallait jamais retourner à sa famille, qu'il fallait rester, ne renoncer à rien, suivre son désir, toujours. Le train l'arrachait à lui, la France montait et descendait dans la vitre marquée SECURIVER. Elle lui envoya un texto, à peu près vers Poitiers, là où il n'y a plus rien à faire : « tu me manques ». Il répondit, « moi aussi ».

Fais quoi fais quoi, le train avait continué à rouler, la France était plate, verte et aqueuse, le temps filait à 300 km/h et elle s'était endormie après le « moi aussi ». Tout à coup la France s'était boisée. Et sur le quai de la gare, tout le monde était là : son père, sa mère, son fils. Ils avaient vieilli ; son fils encore grossi. « Tu es venue seule ? » Elle avait préparé le terrain pour Kouhouesso ; elle avait dit son nom. Tout ça pour ça. La voiture les emportait vers Clèves, il y en avait encore pour une heure.

Elle se mit à boire tout de suite, devant le sapin clignotant : un whisky que son père lui tendit, c'est la fête, tiré direct du buffet de son ex-femme comme s'ils n'avaient jamais divorcé. Aucune nouvelle depuis le texto de Poitiers. Où était-il, que faisait-il ? Sa mère insista pour voir la tête du fiancé-qui-n'est-pas-venu. « Il avait rendez-vous avec Vincent Cassel », frima Solange. Elle montra une photo de Kouhouesso. « Solange nous a toujours sorti de ces numéros ! » dit sa mère, et son père fit le cannibale : « J'espèrrrre qu'il ne va pas te maaaanger. »

Et cet homme qui ne savait pas voir un Noir sans se croire obligé de prendre l'accent Banania, cet homme qui – elle avait tendance à l'oublier – était né à Dakar comme Ségolène Royal et y avait passé les quatre premières années de sa vie, cet homme dit « quel connard ce Sarkozy » quand ils mirent les infos avant de passer à table.

Sa mère avait fait du chapon. Son fils était de plus en plus gras, de plus en plus vilain il faut bien l'avouer, il ressemblait de façon effrayante à leur ancien voisin. « Tu te souviens du Sénégal, papa ? » demanda-t-elle. Elle ne lui avait jamais posé la question. Il n'avait qu'un seul souvenir : l'harmattan, le vent très sec venu du Sahara : la poussière et la gorge en feu, le sang goutte sur sa petite blouse parce qu'il a ri avec un copain et ses lèvres gercées, *tchac*, se sont fendues. « C'est un genre de fœhn, quoi, dit sa mère, on a le même ici. »

Elle avait apporté à sa mère du Poison et une photo autographe de George (elle les collectionnait). À son père du whisky (acheté au duty free, comme le parfum). À son fils le tout premier iPhone et le dernier iPod. Et pour tous les trois, elle avait écrit à la main ses rituels coupons valables pour un aller et retour à Los Angeles dans l'année. Son père rappela l'époque bénie où il avait des prix sur Air Inter. Texto soudain : « Donne-moi ton adresse. » Il fallait comprendre l'adresse ici, à Clèves : il comptait venir ? Il arrivait demain ? Silence texto. Elle dîna au whisky.

Elle fit un tour à l'étage pendant que sa mère sortait la bûche. Les nains patineurs sur le glaçage lui rappelaient Noël chez Jessie. À des galaxies d'ici. Les Playmobil, dans sa chambre, étaient dans la position où elle les avait laissés il y a un an. Sa mère n'avait pas dû ouvrir les volets depuis, la chambre d'une disparue, éclairée par l'ampoule au plafond. Elle les sépara (les Playmobil) ; elle les avait empilés, à Noël dernier, façon partouze, leurs petites pinces fermées autour de sexes imaginaires, filles et garçons, garçons et garçons, filles et filles, et la piscine, et le camping-car, et un cheval. Qu'est-ce qu'elle avait dans la tête il y a un an ? D'ailleurs la question n'avait pas d'intérêt. Elle ne se souvenait pas d'elle. Elle attendait déjà Kouhouesso, mais sans le savoir, en souffrant moins. Elle attendait l'avenir, comme ici à Clèves à quinze ans ; mais à l'époque le futur immédiat s'était présenté sous la forme d'un bébé, quelle surprise. Qui vingt ans après parlait à peine. Mais ça se comprenait.

Elle aurait aimé lui raconter, à Kouhouesso. *S'épancher.* Elle lui parlait, elle lui racontait à mi-voix dans sa chambre de jeune fille, sous l'ampoule avec l'abat-jour en rotin. Un enfant très jeune, comme une Africaine. Dans *Voici*, juste avant son départ pour Hollywood, ils avaient même écrit que son fils était « majeur », c'était faux. Elle aurait dû faire un procès. « Solange ! » Sa mère l'appelait en bas, le même son qu'autrefois. Elle ouvrit les volets, se roula un joint. Le jardin était noir, on distinguait derrière les thuyas la maison des parents de Rose, éclairée. « Solaange ! » La même injonction. Elle aligna tous les Playmobil, soigneusement, debout au bord d'une route imaginaire. Finit son whisky et les abattit tous au camping-car. Elle les retrouverait au même endroit dans un an. Non, elle ne reviendrait pas. Ou avec lui exclusivement. « Solaaange ! » Elle activait les Playmobil pour ne pas mourir. Pour que quelque chose se passe encore dans cette chambre. Les Playmobil lui survivraient, sinon. Ces trucs-là sont indestructibles.

Elle laissa son verre, grand comme un jacuzzi, au centre de la piscine-jouet. Elle s'avisa que les Playmobil étaient tous blancs. Son fils n'avait pas bougé du canapé. Une assiette avec des nains traînait par terre. Quelque chose l'embêtait chez ces nains. Elle était saoule. Non, c'était le pétard. Elle leva la tête et vit Kouhouesso. Non, son père, quelle idiote. Qui ouvrait une bouteille de son saint-émilion chéri. La même attitude, épaules ouvertes et cou bien droit, la clope au bec. Et la voix, c'était ça. La gravité didactique. Pour affirmer n'importe quoi, aussi bien. Plus vieux évidemment. Et blanc. Et chauve : c'était ça le plus drôle. Mais le même : même nez, même front, mêmes yeux un peu chinois.

Le lendemain matin – non, il était midi – le lendemain elle n'avait pas souvenir du départ de son fils – son père avait conduit ? ivre comme il était ? – sa mère lui dit qu'un camion était passé, oui, un camion, pas le facteur mais un livreur – un paquet FedEx pour elle, réceptionné par la voisine parce que toute la maison dormait. Sa fille ne faisait décidément rien comme tout le monde. Le paquet faisait *tchac tchac* quand on le secouait.

C'étaient d'étranges fruits brun-rouge, gros comme des prunes, durs comme des noix. Surtout il y avait une lettre, disons un petit mot, écrit à la main. La première fois qu'elle voyait son écriture. « Des kolas du marché de Château-Rouge. Ciao ma belle. »

Qu'est-ce que ça voulait dire *ciao ma belle* ? Si elle l'entendait avec sa voix, c'était tendre, aimablement macho. Si elle ne faisait que le lire, à plat, c'était un adieu. Est-ce que l'envoi des noix était une métaphore ? Elle devenait folle. Il lui avait raconté être accro aux kolas, enfant ; elle ne connaissait pas. Bourrées de caféine. On les offre partout en Afrique de l'Ouest en signe d'hospitalité, d'entente – à l'apéro, quoi. Elle s'efforça de les peler. Elle imaginait ses doigts souples effeuiller d'un seul geste la pellicule épaisse. Qu'il se soit souvenu de leur conversation, qu'il ait eu cette attention – dedans c'était un puzzle couleur ivoire, des morceaux parfaitement jointifs, un assemblage fait pour être séparé, partagé. On pouvait y lire un symbole, un truc coupé en deux dont chacun détient un morceau. C'était étonnamment amer pour une noix de la concorde. Et ça laissait les doigts et

les dents rouges. Elle se les brossa soigneusement.

Il n'y avait plus qu'à partir se promener, à
vélo au bord de la rivière. Le gros pull et le
vieux jogging. Le ciel cotonneux et la Nive en
hiver, la surface gris-brun, haute, filant sans
bruit sous les arbres nus. Les hérons, les poules
d'eau, et un cormoran aventureux, à sécher
dans un chêne, loin de la mer.

Elle rêva à son enfance à lui, à ce qu'il lui en
avait dit, les nuits où elle parvenait à lui faire
quitter l'ordinateur. L'ivresse de ses paroles,
oui – elle avait ce sentiment, d'être pleine de
lui et de se tendre encore, soucieuse d'être à
lui, inquiète d'avoir la bonne réponse, le bon
visage – au point qu'elle ne gardait de ses récits
de jeux sur la Benoué que sa peur des hippo-
potames, et la capture d'un crocodile, comme
dans une histoire de Kipling. Deux enfances au
même moment mais sur deux planètes – non,
c'était la même planète mais pas les mêmes
coordonnées. Quand elle était en CM1, il était
coursier pour un Libanais qui tenait un bordel. Quand elle regardait « L'île aux enfants »,
il assistait à sa première séance de cinéma, *Les
Miracles de Bernadette*, bobines baladées par des
missionnaires et projetées sur un pagne, le plus
uni qu'ils avaient pu trouver. L'apparition de la
Vierge à la grotte était trouée de petits avions
Super-Constellation, imprimés en ronde, et la

petite paralytique se mettait à marcher sous le slogan *Vive la Coopération Air-Africaine.*

Son billet *open* ! Il fallait qu'elle s'occupe de ça.

Il avait appris à lire tout seul, pas sur le pagne miraculeux mais sur les caisses de bières trafiquées par le Libanais. Puis un oncle l'avait aidé à aller chez les Jésuites à Douala. Il avait écumé leur bibliothèque, voilà. Elle aussi avait appris à lire toute seule, dans des *Oui-Oui.* Quel intérêt ? Il ne s'était jamais soucié de son enfance à elle – imaginait-il la connaître déjà, l'enfance des filles blanches, l'enfance identique que racontent tous les livres, tous les films ? Mais sa rivière à elle ; mais l'été, mais la chaleur surprenante des pays tempérés, mais les forêts très denses. Elle aurait censuré les épisodes sexuels, elle ne le sentait pas prêt à la connaître adolescente, la petite sauvage, la jeune anthropophage.

Elle rêva à son père qui, face à Kouhouesso, la surprise passée, les premiers clichés racistes débités comme des politesses, en serait venu aux choses sérieuses : l'entente entre hommes, le coup de rouge, l'exclusion des femmes, les blagues viriles. Tout se serait très bien passé. Ils se seraient même excellemment entendus. Son père avait perdu son fils. Kouhouesso avait perdu son père enfant. Ça se serait parfaitement arrangé, net et ordonné comme des cerneaux de kola. Ce qu'ils avaient en commun c'était un monde silencieux, dur, séduisant, un monde où ils se tenaient seuls, vaincus ou triomphants, mais seuls. Et la Grande Idée. Son père avait eu la Sienne, elle ne savait trop quoi ni comment la nommer, quelque chose à voir avec les avions, l'envol, l'essaimage, le diffus. Le dédain des récoltes : l'homme du saut, du jet, du vent. Cette grande idée n'avait pas pris, faute de se trouver, sans doute. Mais le regard, elle s'en souvenait ; le regard au large, dans lequel on voulait être englobée. Ce que Kouhouesso voyait, lui, là-bas, au Congo, c'était l'énormité, la richesse, la profondeur d'horizon sur les fleuves. C'était ça, le problème de l'Afrique, cette promesse inassouvie, et elle ne pouvait plus vivre sans.

III

SOLANGE, BIEN DES CHOSES

Deux mois et demi sans nouvelles. Deux mois et demi. Sans nouvelles directes, du moins : Ted et le producteur délégué en avaient. Il était en repérage en Afrique. Il avait appelé de Luanda. Il avait visité des studios à Lagos avec son assistant et le chef op'. Il avait appelé de Kinshasa. Le Congo c'était compliqué. Les FARDC et les DPP. Le Nord-Kivu et le Sud-Kasaï. Les armées ougandaises et rwandaises. Et du côté de Tshikapa, carrément une épidémie d'Ebola. Il avait dû se replier sur Brazzaville. Même à Brazzaville, le bazar. L'agent de George en était malade. Elle suivait les infos comme jamais, du moins elle essayait, les infos de là-bas.

Il se déplaçait depuis un moment au sud du Cameroun, près de la frontière guinéenne ; il avait envoyé un fax d'une ville nommée Kribi. Elle le suivait sur l'application satellite. À la fin du fax, que la prod' lui avait fait passer, il avait ajouté un mot, en français, à la main : « Solange, bien des choses. »

Elle restait avec son « bien des choses »
comme elle était restée avec ses noix : dans une
joie amère, un mieux que rien dans sa coquille.

Elle avait reçu son contrat : la Promise, trois
scènes avec Cassel, intérieur jour, lieu de tournage à préciser. 23 000 dollars. Tout le monde
faisait un effort sur son salaire (sauf, à ce qu'on
disait, Jessie). Le budget était absorbé, drainé
par l'Afrique. D'un autre côté, avec le coût
très bas de la main-d'œuvre locale, aménager
un rafiot sur place revenait moins cher qu'un
bateau en studio. Pour le fleuve, les repérages
donnaient le *Ntem*, le *Dja* ou la *Lobé*. Pour les
hélicos, ce n'était pas gagné. Si on restait sur
le Cameroun, les pistes étaient supposées pra-
ticables en saison sèche ; il était en repérage
pour des grottes accessibles par 4 × 4. Mais ce
serait limite pour George, dont la « fenêtre »
tombait à la charnière de la saison des pluies.

Voilà les choses qu'on apprenait, ici, à Hollywood, dans les collines jaunes. Voilà les
nouvelles, en désordre, dans la tension de la
préparation, dans les intérêts croisés, opposés,
conflictuels, obtus et organisés, qui tentaient
d'aboutir à un film.

Olga avait été embauchée : de la robe de
deuil aux uniformes de l'équipage, des pagnes
de raphia aux molletières de laiton, c'était un
vrai film en costumes. Natsumi, son assistante,

avait été promue aux accessoires-costumes et travaillait déjà sur le « plateau en or poli fiché dans la lèvre inférieure », sur les charmes et les amulettes, les plumes, les bracelets de poignets et de chevilles. La maquilleuse étudiait les scarifications, les tatouages et le limage des dents.

Ça lui faisait du bien de voir les filles, dans ses longues journées de Los Angeles. Elle avait travaillé sur la robe avec Olga. Elles avaient choisi le tissu ensemble sur Pico Boulevard. Du basin gris. Des boutons de nacre. Un double rabat plissé en crêpe, avec ruche et ceinture. Des manches ballon avec poignets de dentelle. Des bas comme à l'époque. Un vrai corset. De longs dessous. Ce qui ne se verrait pas à l'écran était important aussi – une femme corsetée, une Promise raidie par la perte.

Elle avait fini par tourner dans *Urgences*, trois épisodes à la suite. Une épouse de diplomate refuse de quitter l'hôpital tant qu'elle n'est pas fixée sur le sort de son fils. Elle se met à vivre dans la salle d'attente, entre les couloirs et la cafétéria, tailleur YSL de plus en plus froissé, mi-pénible mi-sublime ; et une idylle se noue avec le Dr Barnett. Un rôle intéressant, finalement, et il fallait qu'elle paye sa maison de Bel Air. Il était question d'un *come-back* dans la saison suivante.

Deux mois et demi. Au bout de combien de temps se rompt un lien ? se dénoue une histoire ? L'amour, lui, empirait. L'amour idiot, celui qui empêche de vivre. Le désir qui est une des formes de l'enfer. *Ciao ma belle. Bien des choses.* Dans les studios d'*Urgences*, dans les bras du Dr Barnett, partout elle était avec lui. Dans la peau d'une héroïne du feu – un téléfilm sur les pompiers de Los Angeles, un cachet et un rôle en dessous de ce à quoi elle pouvait prétendre, et le metteur en scène le savait, en jouissait. Et pas d'épaules au creux desquelles se réfugier. Rose virtuelle sur Skype, George en tournage ou sur le lac de Côme, Olga qui n'était pas vraiment une confidente – et tous les autres en concurrence, actrices et acteurs, prêts à boire son sang à la plaie. Lloyd, son agent, gentil et professionnel, la regardait avec une compassion résignée ; comme s'il ne pouvait plus qu'attendre la fin, la fin d'une maladie terrible, un de ces tropicalismes effrayants qu'on attrape par simple contact.

Le film aurait lieu, pourtant : le contrat de George était signé. Lloyd faisait une moue sibylline, l'air du type qui prévoit la date exacte des fléaux, sauterelles, ulcères, ténèbres et mort des troupeaux.

Elle s'était engagée, un an auparavant, pour le prochain Chabrol. Dans un sursaut de raison elle se rendit en France à la date prévue et c'est *pendant ce tournage* que Kouhouesso était réapparu à Los Angeles, et la cherchait – la cherchait paraît-il – et le temps qu'elle organise son retour, il ne répondait plus ; puis répondait trop tard. Désynchronisation. Ni dates, ni lieux, ni repos. « Ce n'est guère pratique » : la dernière phrase sur laquelle elle resta, le dernier texto de Kouhouesso. Le prochain rendez-vous, la seule date prévue, le seul engagement, c'était la Promise, vers la fin du tournage, dans six mois.

Elle ne tiendrait pas.

*

Fantastiquement immobile. Fixée. Enracinée. Voit les films qu'il a vus. Polanski et même Pollack. Écoute en boucle du Leonard Cohen. Prépare son rôle, aussi. N'entend des conversations que ce qui, par des rhizomes proliférants, le fait surgir. Lit les livres qu'il a lus. Biographies de Conrad. *La Forêt* de Robert Walser, le dernier qu'elle lui a vu dans les mains : elle lit et relit *La Forêt* pour y trouver des indices, des sentiers, le plan du cerveau de Kouhouesso, la forme de sa pensée, « images fantastiques de mondes où la forêt n'en finissait plus »…

Elle a cherché Kribi sur *Google Earth* : la forêt pousse jusque dans la mer, à moins que ce ne soit le fleuve, un fil de fleuve pour chaque fil de racine… et ça continue, les arbres, par-delà l'Équateur, à travers le Gabon, à travers le Congo, et jusqu'au nord de la Zambie.

Le ventre en vrac, la tête en feu. Un fil hypertendu la liait à lui, à lui là-bas, dans sa forêt, dans quel espace inimaginable et touffu, ou dans quel bar de plage avec quelle fille, avec quelle Favour, avec quelle Lola ? Elle se souvenait de ce roman un peu désuet, un Barjavel de son enfance, *Le Voyageur imprudent*. Le Voyageur se déplace dans le temps, mais il a un petit accroc à son scaphandre. Au ventre. Il s'éventre. Ses intestins restent dans le passé quand son corps retourne au présent. Pauvre poulet vidé. C'était elle, ce voyageur sur place. Et quel devin pourrait lire son futur, quand ses entrailles se dévidaient dans le labyrinthe ?

UN INSTANT DE GRANDEUR

Elle se réveilla au-dessus du Mali. Se rendormit. Elle se réveilla au-dessus de Kano pour le plateau petit déjeuner. Le sol était orange vif. Elle apprenait le nom des lieux sur l'écran de vol. À Jos il y avait une rivière et un grand triangle sombre, dont elle ne savait dire si c'était un lac ou un massif rocheux. Puis des barres grises, parallèles, se succédant. Puis des nuages. Soudain le mont Cameroun, une île rouge dans la mer blanche. Puis on amorçait la descente sur Douala. On ne voyait rien, ni la mangrove promise par *Google Earth*, ni l'avancée du fleuve dans la mer. On se posait dans le nuage. Un nuage d'eau chaude. Elle ôta son pull. Le nuage était dans la ville, dans l'aéroport. Il sentait le carburant, les égouts et le sucre. Sous le panneau « Si vous êtes assailli par des chauffeurs sauvages composez ce numéro » trente chauffeurs de taxi lui demandaient « c'est comment, là ? », auxquels comme à des fans elle souriait avec un geste distant. L'écran annonçait sa connexion pour Yaoundé avec six heures de

189

retard. Le guichet auquel elle s'accouda pour se plaindre était si humide qu'elle crut qu'un verre d'eau avait été renversé. « Attendre, lui conseilla l'hôtesse en boubou *Cameroon Airlines*, et ne pas prendre de taxi. » C'était dangereux ? Non, mais avec les embouteillages, elle risquait de ne jamais revenir, le pont à cette heure-ci était infranchissable.

Elle n'allait pourtant pas passer six heures sans voir un peu la ville de son adolescence, la plage où il avait dû rêver, au bout des bateaux, des cargos. Dès qu'elle eut quitté l'ombre de l'aéroport, elle s'enduisit de crème solaire SP50. Elle avait étudié le terrain par satellite et repéré l'autoroute puis un chemin à droite vers la mer. Elle traînait son bagage cabine dont les roulettes faisaient du bruit sur le macadam nettement usagé. Beaucoup de gens allaient à pied comme elle, traînant ou poussant comme elle divers équipages, mais contrairement à elle tous noirs. Des dames avec des objets sur la tête, dont un bloc d'ordinateur Dell. Des enfants avec des chèvres. Des motos bien audacieuses avec trois ou quatre passagers qui lui criaient « on fait comment, là ? ». Et les voitures la klaxonnaient. Il n'y avait pas de trottoir. Le chemin pour la plage s'ouvrait là, à droite, en terre ocre. Une dame vendait des mangues. La plage ? C'était plutôt le port par là. Quelle chance que tous ces gens parlent français. Voilà le pays de Kouhouesso, c'était ici qu'il était né – au diable le Canada.

Plus tard une roulette cassa et c'était de toute façon peu commode de traîner cette valisette. Elle mit son passeport et son argent dans sa poche et dissimula l'engin sous des feuilles dont elle apprendrait plus tard qu'on les nomme « oreilles d'éléphant ». Dans l'immédiat elles ressemblaient, en grand, aux philodendrons des salles d'attente de dentistes. Le chemin n'était plus jaune, mais brun, mou, ses Converse s'enfonçaient et quand l'eau noire lui baigna les orteils elle eut un moment de découragement. Un avion décolla au ras de sa tête, l'air sentit le kérosène et les végétaux couchés.

On arrivait à la rivière qu'elle avait repérée sur l'application satellite – un égout malheureusement, bordé d'ordures et qui sentait mauvais. Les ficus géants ou autres machins verts étaient devenus des lianes inextricables. Il aurait fallu avoir la taille et les aptitudes d'une grenouille. La jungle avait dû repousser depuis la prise de l'image satellite, elle avait entendu parler de ce phénomène : de même que des objets se ganguent de calcaire dans les fontaines pétrifiantes, de même les plantes des tropiques recouvrent les corps délaissés.

Il lui restait encore quatre heures mais elle rebroussa chemin. Sa valise était là, couverte d'abeilles et de gouttes d'eau. En bord d'autoroute elle acheta un soda au pamplemousse, c'était tout ce qu'il y avait, à un petit stand nommé « Instants de grandeur ». Ça n'existait pas en *light*. Quatre cents francs CFA ; quelque chose comme un demi-euro. Faute de monnaie elle laissa un billet de cinq mille. Embouteillages. Dans le sens aéroport, ça allait, un taxi, deux mille francs (toujours pas de monnaie). « Vous prenez *Cameroon Airlines* ? rigola le chauffeur. Ici on l'appelle *Air Peut-être*. Vous n'avez pas trouvé le bout de votre voyage, là. »

La nuit tombait sans couleur dans la brume. On voyait un genre de mer, plate et métallique, une distillerie, des amoureux assis sur des rochers. Pas de plage, une côte sans bord, un fouillis fibre et eau. Où commençait la terre où finissait la mer on ne savait pas, où se décidait le fleuve. Au guichet *Cameroon Airlines* l'hôtesse l'informa que le vol avait été avancé : on l'attendait, la passagère blanche. Il fallait se faufiler par le sas des bagages, derrière le guichet, vite, avec dix autres retardataires qui se précipitaient. Le petit avion vert orange et jaune était posé sur la piste, couleur perroquet, elle courut vers lui comme les autres.

Elle s'était débrouillée comme une chef. Elle raconterait tout ça à Kouhouesso. Demain. Demain elle le verrait. Elle songea qu'elle n'avait pensé à lui que par intermittence : l'exotisme est une distraction puissante.

LE DROIT-CHEMIN

Yaoundé, le Hilton, à attendre la voiture. Le trajet était absurde, mais c'est l'assistant de production qui avait tout organisé : vues de Hollywood, Douala, Yaoundé et Kribi devaient sembler un Scrabble éparpillé sur une table. Elle avait déjà suffisamment insisté pour venir en avance ; elle gardait pour elle ses considérations géographiques.

Kouhouesso ne répondait pas. Le réseau peut-être, la forêt. Le chauffeur prévu par la prod' était en ville, il arrivait. Comment faisait-on avant les téléphones portables ? Le 4 × 4 sentait le pin des Landes, la clim' était à fond. La ville s'aplatissait comme les arbres montaient, de moins en moins de baraques de plus en plus d'arbres, jusqu'à ce qu'il n'y ait plus que des arbres. On pouvait difficilement appeler ça un paysage. On ne voyait rien, passé le bord de la route. Passé ce premier rang d'arbres. Une sorte de haie monstrueuse. Le mot forêt lui-même était inefficace. Il y avait autant de différence entre cette forêt et la forêt des Landes qu'entre, mettons, l'Atlantique et le lac de Côme. Il ne s'agissait pas du même concept, ni du même matériau ; vert tant qu'on voulait, mais charnu, énorme, protubérant. Et la piste était pénible. Le macadam avait cessé. Trous, bosses, fossés au milieu de la route. Selon ses critères à elle ce n'était pas une route mais une tranchée, un ravin. Avec des ponts de planches.

Pourtant, *fais quoi fais quoi*, peu à peu elle se rapprochait de lui. Elle opérait une dernière trajectoire le long de l'arc de cercle qui les séparait encore.

Le chauffeur s'appelait Patricia ; non, Patricien. Il était à moitié baka, ah. La radio chantait sur des rythmes congolais « nous avons posé le problème, nous n'avons pas posé la solution ». Elle avait faim, ils s'arrêtèrent. Le bled (dix cases, une antenne téléphonique et un panneau écrit à la main) s'appelait « Washington ». Un vendeur en plein soleil proposait des Nokia et du manioc. Patricien lui montra, pardon Madame Solange, comment éplucher le bâton de manioc pour dégager la pâte blanche, douceâtre, franchement dégueu. C'était ça qui donnait les épidémies de typhoïde. Lui dit-il. Meilleur était manger du plantain frit. Mais quoi, on n'en avait pas, là.

Elle se frictionna les mains au gel antiseptique et aurait bien aimé se brosser les dents. Violente piqûre sur son bras. C'était un « mout-mout » : ça ne pique pas, temporisa Patricien, ça mange. Elle se vaporisa d'Insect Écran Spécial Tropiques. Meilleur aurait été Spécial Équateur, non ? Son portable sonna : Kouhouesso ? Non, sa mère, depuis Clèves. Est-ce que tout se passait bien. D'entendre les cloches du village, il était midi ici comme là-bas, son ventre se déchira, est-ce que Jessie n'avait pas raison ? Est-ce qu'il n'était pas physiquement insupportable d'être à deux endroits à la fois, est-ce que la planète, dans sa rotation, ne se vengeait pas d'être ainsi dédoublée ?

Les toilettes étaient objectivement un problème. Ils trouvèrent un trou dans une cahute. Son mal au ventre persistait, moitié trac moitié manioc. Elle avala deux gélules d'Imodium avec un soda chaud. Selon Patricien il restait dans les quatre heures de route. L'idée était d'avancer jusqu'au fleuve, de laisser le 4 × 4 à Grand-Poco sous bonne garde, de traverser en pirogue avec le chargement : cinquante kilos de riz, un sac de sel et un grand sac d'ignames – deux jours de vivres pour l'équipe locale – plus vingt packs d'eau minérale pour l'équipe dite blanche. Puis de prendre le 4 × 4 qui attendait de l'autre côté, ça s'appelait un « pont », et de se transborder ainsi sur l'autre rive, et de rouler encore jusqu'à Petit-Poco.

Ils repartaient dans le climat norvégien du 4 × 4. Soudain elle eut un texto, les lettres s'agencèrent dans les mouvements de la piste, Kouhouesso. Un texto qui avait voyagé via les satellites pour lui parvenir ici, à Washington, dans ce bled où il n'y avait rien ; pour se poser sur la très haute antenne, plus haute encore que les arbres ; pour former des mots magiques, des mots adressés à elle :

« Alors, l'Africaine ? »

Ça lui ressemblait. Rien et puis ça ; ça lui ressemblait.

Elle envoya un petit smiley avec des ronds et des croix, pour des baisers.

À la réflexion, elle envoya aussi un récapitulatif du programme, son heure d'arrivée, d'ici quatre heures à Petit-Poco, est-ce que ça lui convenait, où se retrouvait-on, est-ce que tout allait bien ?

Les arbres défilaient, oui, les arbres très hauts défilaient, il fallait pencher la tête pour apercevoir leur tête, le ciel fendu par-dessus la piste semblait un fleuve à l'envers, mais qu'importe les lieux et les temps, le monde ici et maintenant était à nouveau peuplé d'un seul homme.

*

Kouhouesso n'était pas au village. On lui trouva une chambre à l'auberge du *Droit-Chemin*, elle insista : elle voulait la chambre de Kouhouesso. Où était l'équipe « blanche » ? Ils étaient tous à Grand-Poco. Oui, sur le fleuve. Jessie, Favour, Monsieur Kou' et son assistant, et le chef op', et le cadreur, et le preneur de son, et tous les techniciens, les Nigérians, les Camerounais, et même Olga : tout le monde. Meilleur dormir ici : à cette heure il n'y aurait plus de « pont ». Quant à la chambre de Monsieur Kou', il avait pris la clef.

Elle s'allongea sur une banquette en raphia, on lui apporta un matelas de mousse et une paire de draps qui sentaient le moisi. Il n'y avait pas le WiFi. Il n'y avait pas l'eau courante. Elle fit comme elle put pour son ventre, dans un seau dont elle n'était pas sûre qu'il était à cet usage. Elle appelait Kouhouesso, elle avait le réseau, mais lui ? Elle déplia sa moustiquaire portative, où l'accrocher ? Le plafond de plâtre se décomposait, un clou n'aurait pas tenu. Elle ferma les yeux. Elle essaya de respirer dans l'insolente moiteur et elle se retint de pleurer parce que si elle pleurait, là, c'en était fini d'elle, si elle pleurait elle fondrait entièrement, si elle ouvrait les yeux elle se viderait de son eau et on ne retrouverait d'elle, comme Kouhouesso enfant, qu'un petit tas de poudre, blanche.

LES FESSES DE LA MARMITE
NE CRAIGNENT PAS LE FEU

La patronne du *Droit-Chemin* lui déconseilla de sortir seule. Il était six heures du soir, elle n'avait pas vu tomber la nuit. Elle était noire. Il n'y avait pas de lampadaires. On distinguait au bout du chemin les lumignons rouges de deux bars qui se faisaient face, on entendait, étrangement portés par l'air mouillé, des éclats de voix, de la musique congolaise, et partout les insectes, les oiseaux de nuit, les grenouilles et les crapauds-buffles et on ne sait quoi de vivant dans la forêt, des crissements, des sifflements, des tût, des bip, des dring, comme des milliers de téléphones portables sonnant pour personne dans l'épaisseur des arbres.

Elle partagea une bière chaude avec la patronne, mille francs, une deuxième et une troisième. La patronne s'appelait Siphindile et l'ennui était tel, dans la nuit noire à dix-neuf heures, devant un téléfilm français avec Mimie Mathy, l'ennui et l'angoisse, qu'elle lui raconta tout, Kouhouesso, son absence, son silence massif, à quoi Siphindile répondit que les fesses de la marmite ne craignent pas le feu. Le brouillard du matin n'arrête pas le pèlerin, en somme. À cœur vaillant rien d'impossible. Elle le voulait ? Il suffisait d'y mettre les moyens.

L'électricité sauta. Une dizaine de types arrivèrent, certains en uniforme vert, d'autres armés de machettes. Il y avait quelques filles aussi, qui semblaient habituées. L'électricité revint. Elle se détendit un peu. Les bières de plus en plus chaudes disparaissaient dans les corps à 37°. C'était comme se respirer soi-même, cet air humide, organique. La limite entre soi et le monde s'estompait, les poumons s'ouvraient à même la poitrine, la peau fondait ; ou alors c'était l'alcool, ou alors c'étaient les gens. Ils parlaient « patois », mais pas tous le même, et le retour au français était régulier, elle perçait le mur babélien : ils ne parlaient pas d'elle, ils ne complotaient rien, ils avaient vraiment une vie ici, des soucis, des rires, qui ne la concernaient pas ; c'était à la fois étrange et rassurant. La lumière des néons oscillait, l'ombre tombait une seconde, les insectes se taisaient. Battement d'une grande paupière. La lumière revenait, la vibration des insectes aussi, un courant parallèle.

Elle avait faim, est-ce que quelqu'un pouvait lui indiquer un restaurant ? Siphindile l'emmena, à la lampe torche dans la nuit, chez une dame qui avait du poisson. Tout le monde suivit. Le poisson grilla dans une bonne odeur d'huile de palme et de piment, tous les poissons, elle avait acheté le panier. Une assiette ? On lui donna un sac en plastique, suffisamment épais pour retenir le jus en faisant un petit pli, comme ça. Les autres mangeaient directement sur la table. Elle n'osa pas se désinfecter les mains devant le monde. Un braconnier armé d'une machette lui trouva, chouette, une fourchette. Elle commanda encore des bières, les dernières du frigo chaud. L'air était totalement immobile, la seule lumière venait de la télé et d'un bout de la Lune, très haut. Une fille lui demanda la permission de mettre de côté les têtes des poissons, pour ses enfants. Et en dessert ? On trouva des papayes, elle acheta toutes les papayes. Elle devenait lentement et sûrement la patronne, avec une aisance qui la troublait, la réconfortait, personne n'allait la manger puisqu'elle nourrissait le village.

Devant Nigeria-Burkina, comme des couples commençaient à se former elle partit transpirer sa bière sur son matelas de mousse, dans l'air chaud du ventilateur, qui s'arrêtait avec l'électricité, qui redémarrait. Elle s'éveillait et se rendormait sur interrupteur, dans le vacarme intermittent du match de foot. Plus tard on frappa à sa porte. C'était Siphindile. Ça coûterait cent mille francs, que Kouhouesso revienne. Heureusement elle avait emporté toute une enveloppe de billets. Siphindile lui coupa une mèche de cheveux et l'emballa dans un morceau de sac de riz. Ce serait fait dans la nuit. L'électricité sauta suffisamment longtemps pour que les amateurs de foot s'en aillent. Il n'était que 22 heures. Il y eut des cris et d'étranges appels de coq, cocorico, en plein minuit. Plus tard elle entendit creuser dehors sous sa fenêtre. Elle regarda à travers les nacots, l'aube pointait, Siphindile et une autre femme étaient penchées sur une – on aurait dit une petite tombe. Elles avaient ceint leur tête d'un linge assorti et semblaient prier : *L'Angélus* de Millet. Au matin il n'y avait qu'un peu de terre remuée sous sa fenêtre. Siphindile lui avait laissé une bassine d'eau, elle y jeta plusieurs pastilles de chlore et se lava du mieux qu'elle put. La terre absorbait l'eau tout de suite, en dessins noirs s'évaporant. Un lézard rouge la contemplait. Deux filles dormaient dans un canapé en skaï sous l'auvent. Elle entendait la télé, en direct de France ; commençait « Le juste prix ».

Il était déjà, étrangement, midi. Elle fit quelques pas dans le village. Siphindile lui avait indiqué, vers le quartier « Paris-Soir », un rechargeur de batterie. Son commerce était composé d'un petit générateur et d'une multiprise, cent francs la recharge. Elle lui laissa son iPhone, pas très rassurée. La forêt commençait tout de suite, là, derrière les cases, la veille elle avait pris ce mur noir pour la nuit. Les arbres, les herbes géantes, quelques rares fleurs. Ce mouvement de la tête vers le haut, vers la cime ; elle se rappelait, petite, le bois derrière chez elle, comme tout lui paraissait grand. Et ce conte où la Princesse, à peine entrée dans la forêt interdite, y était comme avalée. Il y avait des claquements, de brefs appels d'oiseaux. Des papillons blancs ourlés de noir, très chic, dont la tête et le corps semblaient un sigle Yves Saint Laurent. Des petites choses dures la bombardaient – des petits singes très haut lançaient quoi, des crottes ? Des kolas ? Ça irait bien comme ça.

Son iPhone avait redémarré, le vendeur de recharge passait les doigts dessus avec émerveillement et dignité, exactement comme son fils à Noël dernier. 2008 dans la jungle. Pas de messages.

Dans le quartier « Manhattan » toutes les Toyota étaient là, garées de guingois dans les creux et les bosses. Kouhouesso était revenu. Elle se fit conduire à sa case. Un vigile sous le porche de palmes lui dit que Monsieur Kou' dormait. Là, de l'autre côté de ce mur de bambous et de terre séchée, là, il était là. Elle n'osa pas le déranger. Des enfants rentraient de l'école, uniformes impeccables et tongs aux pieds, ils tenaient au-dessus de leur tête de larges feuilles pour ombrelles et on aurait dit de petits arbres en mouvement, à la queue leu leu vers un avenir de forêt.

Même Olga ne répondait pas, Olga devait dormir dans une de ces cahutes, et Jessie ? Et où logeait-on Favour ?

De retour chez Siphindile il n'y avait à manger que des bâtons de manioc et des boîtes de sardines, deux mille ; mais si elle voulait, un magnifique coq tout frais, trente mille, il lui manquait seulement le cœur et les organes génitaux. On pouvait le faire griller, là. Elle déclina.

IMAGES FANTASTIQUES DE MONDES
OÙ LA FORÊT N'EN FINISSAIT PLUS

Elle s'était habillée avec soin, une robe d'été Vanessa Bruno, mais trop chaude ; la soie c'est étouffant. Dans l'ombre de sa case, droit comme un roi ancien, Kouhouesso était maigre, brûlant, les yeux brillants. Il la salua d'un bécot. Il ne sentait plus l'encens mais cette odeur qu'elle-même sentait déjà sur elle, végétale et sucrée, un peu moisie. Il sortait, lui dit-il, d'un « petit palu ». Prenait-elle bien son Lariam ? Sa naturopathe, à Bel Air, lui avait prescrit de l'huile essentielle de quinquina, mais elle n'avait pas envie de causer prophylaxie ; elle se taisait, avec le sentiment d'être la vingt-cinquième épouse, à la vingt-cinquième heure, venue demander une audience. Pourquoi ne la caressait-il pas ? Pourquoi ne lui sautait-il pas dessus, après plus de trois mois ? Il parlait, l'air fatigué, comme si la veille seulement il l'avait laissée sur le quai de la gare Montparnasse dans la buée froide de l'hiver à Paris. Les scènes en forêt ne fonctionnaient pas bien, il avait viré le directeur photo – Marco n'était plus là ? –, on avait pris celui de Terrence

Malick, au moins il saurait faire avec l'ombre et le vert. Solange s'en fichait de l'ombre et du vert. Marco menaçait d'un procès, la prod' à Hollywood faisait du foin, et on avait volé une caméra, et des combos et même des easy rigs, un peu de tout avait disparu. On avait retrouvé la caméra au magasin de télévisions de Kribi, il avait dû la racheter au prix américain. Qu'elle aille l'attendre à Poco-Beach, ce serait bien plus calme, un petit paradis. Jessie et les Américains étaient logés là-bas, Favour aussi, dans des lodges construits spécialement, électricité salle de bains cocotiers, elle serait mieux qu'à Petit-Poco.

Elle n'était pas venue pour le calme, elle était venue pour le voir. Ça serait difficile, il travaillait et circulait sans cesse, le bateau encore à Kribi, le décor en forêt, la régie qui peinait derrière. L'eau était un énorme problème, Jessie avait été malade, une catastrophe – elle s'en fichait, de Jessie. Elle fit un geste vers lui. Il s'allongea sur elle, retroussa sa robe. Son matelas à lui aussi était humide. Elle se laissa emporter, mais lui, mais lui. Elle l'enlaçait, elle le serrait, où était-il, dans quelle Afrique ? Quand elle rouvrit les yeux, il lui souriait gentiment. On aurait dit de la politesse, plus que de l'amour.

D'accord, il l'emmènerait, aujourd'hui, sur le tournage au fleuve. Avait-elle bien conscience qu'il serait très occupé ? Qu'elle aille chercher de l'eau potable, et de quoi passer le temps.

Devant chez Siphindile l'attendait une femme, la femme de la nuit d'avant, celle qui creusait sous sa fenêtre. « Cinq mille », dit la femme. Elle ne comprenait pas. « Ton mari de brousse revenu : cinq mille. » Elle la contourna en silence, la femme l'attrapa par le bras, un contact étrangement froid, « cinq mille ». Elle avait déjà payé, et quoi, il aurait bien fini par rentrer au village. La femme fit un signe étrange, comme un cisaillement dans l'air ; dans un autre monde, dans un autre contexte, on pouvait penser à un revers au tennis, ou un coup de cutter en travers de la gorge.

*

Dans la pirogue, elle avait très chaud. La pagaie plongeait dans le fleuve comme dans de l'huile, les oiseaux mêmes se taisaient. Cette chaleur, c'était stupide ; elle ne pouvait s'empêcher d'ouvrir la bouche, mais l'air du dehors était beaucoup plus chaud que l'intérieur du corps. Kouhouesso fermait les yeux façon persiennes, et le piroguier, torse nu, ne cessait de s'asperger. Il pagayait la chaleur, il touillait le fleuve et le ciel, il se diluait dans les mirages. Le plat de l'eau était parcouru d'ondes qui portaient des voix, des chocs, d'étranges bruits sans source. Les vibrations entraient dans le corps de Solange. Elle avait des visions de la maison à Malibu, l'ombre méditerranéenne, la salle de bains aux carreaux blancs, la mer qui brassait la fraîcheur. C'était hier, c'était avant. Elle aurait aimé contempler la forêt, avoir la sagesse des peintres et des écologistes ; mais cette Afrique verte et orange qui tremblotait n'était qu'un problème de plus. Aucun de ces arbres n'expliquait Kouhouesso. Ils ne lui opposaient qu'une autre énigme, impénétrable, dangereuse, un règne non humain, l'affirmation d'une puissance ailleurs réduite à la sciure.

Loin devant on devinait le chantier. Des bulldozers étaient en train de défricher le bord du fleuve. Des ouvriers posaient des rails, épaules ruisselantes en plein soleil. Kouhouesso voulait un travelling sur l'arrivée du bateau. Les palétuviers arrachés ressemblaient à de grosses araignées mortes, pattes en l'air. On les déblayait, le palétuvier ne sert à rien. Les fromagers, on les débitait en tranches, on en fait du kapok et du contreplaqué. Les acajous occasionnels, on les vendait en grumes. Elle apprenait des mots. Il y avait beaucoup d'arbres sans mots, qui poussaient loin de la langue française : le *bibinga*, disait le piroguier comme on longeait ces monuments. Le *zoubé*, l'*ekan*, l'*alep*, l'*okongbekui*. La greffe n'avait pas pris entre le français et ces formes extravagantes, ces racines volumineuses, cette verticalité tenue. Sauf celui-ci, haut et très courbe, très vert, exubérant : du rotin, ni chaise ni table, du rotin vivant qui plongeait ses palmes dans l'eau. Ici on disait *nlông*.

Et Freeboy, un des guides pygmées, portait sur les mêmes arbres d'autres syllabes encore ; on aurait dit, pour un seul arbre, autant de noms qu'il a de cercles de pousse. La tronçonneuse tranchait : *teck*. Plus lentement : *ébène*. Ça finirait en planches pareil. Les Pygmées, eux, on les déplaçait.

Olga était là. Ç'aurait été un plaisir de la retrouver si elle avait eu la tête à ça, Olga. Mais les sarbacanes *made in China* s'étaient perdues entre Shanghai et Douala. Les boîtes de fléchettes, elles, étaient bien arrivées ; mais le comportement des douaniers à Douala déroutait Olga. Un jour les sarbacanes étaient considérées comme des armes de destruction massive, et leur container bloqué ; un jour elles n'étaient jamais arrivées ; un jour le colis était bien là, mais ce n'était pas un colis de sarbacanes ; dans tous les cas il fallait les dédouaner au prix de l'or. Olga s'était résolue à commander à un artisan local deux cents sarbacanes en bois tendre, le bois ce n'était pas ça qui manquait ; en revanche ils ne connaissaient, dans le coin, que machettes et sagaies, il avait fallu faire des dessins et calibrer au bon format. Une par une il les faisait, le manufacturier local. Il s'appelait Ignace, il en était à cent quatre-vingts. Tout le village s'entraînait, les deux cents figurants, quasi tous les hommes, et aussi les femmes quand elles n'avaient pas mieux à faire. On trouvait partout par terre des fléchettes en plastique.

Solange était assise à l'ombre d'un frangipa-nier, sur une chaise apportée pour elle. Elle se brumisait d'eau. Les pieds de la chaise s'enfon-çaient dans le sol. C'était comme une grande sieste. Elle se sentait se végétaliser. Il fallait seu-lement se méfier des fourmis ; si une colonne de fourmis arrivait, s'écarter de leur chemin. Le sol était de feuilles mortes, parcourues de petits scarabées ; et de lianes vivantes, qu'elle croyait entendre pousser. Par sursauts volon-taires, pour secouer la chaleur, elle se décalait dans le compas de l'ombre.

Elle avait des visions de Kouhouesso ; des apparitions, des éclats. Il *travaillait*. Il *réalisait*. Moteur. Ça tourne. Coupez. Elle avait du mal à y croire, du mal à adhérer ; elle était sur un tournage sans jouer. Ne sachant que faire, de ses mains, de ses yeux, de son corps, de ses pensées. Quelque chose flottait, comme de l'air qui fige. Tout vibrait dans les blocs de chaleur. Tout gouttait, une grande transpira-tion du monde. Ici à l'Équateur, à la ceinture de la Terre, c'était comme un zona qui faisait lentement le tour, en passant par elle, Solange, sur sa chaise. Une maladie qui au terme de la boucle la détruirait. L'Insect Écran n'y faisait rien : elle se grattait. Des cloques. Kouhouesso semblait insensible aux contingences, il était passé ailleurs, dans la fiction. De temps en temps elle croisait son regard, elle aurait aimé se lever, l'embrasser devant le monde, mais à la fin de la journée les pieds de la chaise avaient laissé, dans l'humus permanent, des trous fins et profonds comme ceux des crabes-araignées.

SEULS LES GENS SANS VISION
S'ÉCHAPPENT DANS LE RÉEL

Il dormait rarement, en tout cas rarement au village. Elle entendait revenir les 4 × 4 du fleuve, des grottes, de Kribi. Elle lui téléphonait mais il ne la prenait pas, elle allait frapper à la porte de sa case. Le vigile regardait dans le vide, immobile et ridé comme un varan. « C'est moi », disait-elle. Pas de réponse, mais elle entendait le ventilateur de l'autre côté du mur de boue. « C'est moi », répétait-elle plus fort, « c'est moi Solange ». Il la laissait entrer, le plus souvent. Le regard du vigile était posé sur le lointain, vers le mur noir de la forêt.

Des orages grondaient, passaient, ne pleuvaient pas. Une noria de Toyota faisait l'aller et retour de Kribi : il fallait de l'eau pour la machine à pluie, de l'« eau fermée ». Jessie ne tournerait les scènes d'averse que sous Évian. Mille francs la bouteille importée via Douala. Si une seule goutte d'eau non minérale, même chlorée, entrait dans la bouche de Jessie (avait averti son avocat depuis L.A.), si une seule goutte non potablement locale l'infectait à nouveau d'amibes ou de Dieu sait quelle horreur africaine, la production et Kouhouesso en répondraient.

La machine à pluie, chargée d'Évian jusqu'à la gueule, fut montée à bord par six locaux et camouflée à coups de tôle en appendice de machine à vapeur. Solange aussi fut montée à bord, et cachée à mi-corps en soute. Moteur. Fumigènes. Action. Il fallait que la pluie brasse aussi le fleuve, le perce de ses ronds et rebonds. Tout le monde était trempé, la caméra sous bâche, l'opérateur sous parapluie ; et Jessie à demi nu luisait et bondissait, sauvage plus que sauvage, absolument ravi de faire le fou. Il ouvrait grand sa bouche à plateau d'or et buvait l'eau à mille francs, buvait l'eau française dont les molécules alpines, super claires, super pures, se combinaient à celles du fleuve marron. La « Compagnie », comme Kouhouesso appelait la prod', la Compagnie n'allait pas apprécier, quelle rentabilité pouvait-on espérer d'une entreprise qui jetait les billets de mille à la baille, et pourquoi pas filmer sous une pluie de champagne ?

Plus tard le bateau abordait la rive en silence. La pluie hollywoodienne avait cessé, Kouhouesso était content, sa scène il l'avait. On tournerait demain la pluie de flèches : deux cents figurants sous les ordres de l'assistant, qui tireraient cinq fois chacun. Et quand les rails

seraient enfin posés, le travelling. Favour entre-
rait en scène, la Sorcière, la Créature aux Molletières. Dans l'immédiat il y avait comme un
bruit. Coupez ! dit le preneur de son.

Une musique. Une musique inouïe. Des *pôc*
et des *pâh*, des *tchouk* et des *clap*, montant dans
les aigus, descendant dans les graves. Un tam-
tam mais d'un genre mouillé, doux, comme un
accent – elle croyait entendre la voix de Kouhouesso glissant de partout sur le fleuve. C'était
un comité d'accueil pygmée, enfin on ne savait
pas ; on ne savait pas si elles faisaient exprès, les
Pygmettes, en tout cas elles étaient là comme
chez elles : douze ou treize ans entièrement
à poil, de petits seins pointus et l'eau brune
jusqu'à la taille, à tam-tamer l'eau du plat des
mains, en chœur. Une technique ahurissante,
une harmonie de début du monde, on en serait
devenu sentimental.

« Ça tourne, ça tourne ! » cria Kouhouesso.
Solange le vit qui *voyait* : filmer ça, ni costume
ni époque, elles étaient là depuis toujours, les
petites Pygmées nues, et Conrad les avait vues.
Mais elles s'étaient arrêtées de jouer, debout
droit dans le fleuve comme des *i* d'avant la
lettre. « Musique ! » leur criait Kouhouesso,
« go on bordel, waka waka les filles, tam-tam ! ».
Elles s'échappèrent, fesses nues couleur noi-
sette bondissant dans les oreilles d'éléphant.
C'était fini. Coupé. Ça ne serait pas à l'image.

Kouhouesso sauta sur la rive et frappa violemment du poing dans le pli compliqué d'un arbre. Ça fit *tôc.* Tout le bateau se taisait. Elles seraient peut-être là demain ? tenta Solange, hors de la soute, en proie à un léger mal de fleuve. Kouhouesso s'enfonçait dans la jungle.

On ne peut pas s'enfoncer dans la jungle. Une longue liane épineuse avait attrapé tout l'arrière de ses vêtements, épaules, dos, reins, et Freeboy coupait, et à ses pieds aussi, dans les racines, dans les machins, *tchâk* faisait la machette. Il avait trouvé leur sentier. Les filles étaient là, vives et curieuses, prêtes à détaler. « Atchia », dit Freeboy. Elles répondirent : « Atchia. » Une petite main pudique sur le pubis. L'autre tendue vers elle, Solange. Elles voulaient, quoi – la bouteille d'Évian qu'elle avait sauvée du déluge. La plus audacieuse la prit à deux mains, l'ouvrit. Elles burent chacune à leur tour, comme un nectar. La rendirent à Solange soigneusement rebouchée (quelle maladie, quels parasites, contenaient ces petites bouches, ces petites mains, ces ventres bombés ?).

Plus tard au village pygmée Freeboy et Kouhouesso parlaient avec le chef. Réellement petit, le chef. Que les Pygmées soient petits, c'était là une des surprises que réserve le monde, la confirmation d'un cliché, la coalescence d'un fait et d'une idée. « On dit baka, pas pygmée », protestait Patricien, à moitié baka lui-même ; d'ailleurs de taille moyenne. Il s'agitait. Ordre de Kouhouesso d'aller acheter, à Petit-Poco tout de suite, cinquante whisky-sachets, c'était le prix convenu pour que les gamines redonnent un concert. « Il y a de quoi tuer le village », dit Patricien à Solange. Il la ramenait à Petit-Poco, pirogue puis 4 × 4. Solange avait très, très chaud, et mal à la tête ; il faut boire de l'eau, disait Patricien. Mais le reste d'Évian, dans la bouteille, lui semblait concentrer tous les virus du monde.

*

Plus tard Solange avait la fièvre. Les imaginait-elle, les tam-tams au loin, ou le village pygmée faisait-il la fête, à coups de ces petits sachets plastique dont elle-même goûtait les bienfaits ambigus, pleins d'un breuvage doré, très fort et très mauvais, mais brûlant, et qui semblait ouvrir des passages dans la moiteur ?

Il la rejoignit dans la nuit. Il avait besoin de son avis. Il lui montra les rushes sur son combo portatif. Ces bêtes de gamines s'étaient habillées pour leur concert, l'une en tee-shirt David Beckham, l'autre avec une sorte de grenouillère Petit-Bateau distendue pour être à sa taille. Dans l'eau, ça donnait un genre de concours miss Pygmée tee-shirt mouillé. On voyait l'assistant de Kouhouesso, puis Kouhouesso lui-même, puis plusieurs géants noirs et un géant blanc (le preneur de son), tout l'équipage du film-bateau entrer dans l'image et tenter de les convaincre. Jessie faisait claquer son plateau doré comme un dentier, ça terrifiait les petites. Elles se déshabillaient et jouaient timidement du plat des mains dans l'eau. *Picapôc, poum poum clac.* C'était nul, inutilisable – et leur incessant regard caméra : impossible. Kouhouesso s'était trompé. Même sur le vif, qu'en aurait-il fait ?

Il en convenait : le genre d'autocomplaisance qu'on coupe ensuite au montage. Ce dont il avait besoin, ce n'étaient pas de deux gamines documentaires, c'était de sa scène de sarbacanes. Seuls les gens sans vision s'échappent dans le réel, c'est ce que disent les Zoulous. Roman, cinéma ! Attaque du bateau. Essaim de flèches. Jessie, hémorragie. Il faisait de grands gestes avec les mains, il mimait, debout : la réponse des armes à feu, Winchester et Martini-Henry, *bang bang,* et « la forêt qui commence à hurler ». Elle riait, il était le film, il était les arbres, il était le bateau et le fleuve à lui tout seul, il était la flèche et le fusil, le cadavre et l'exterminateur.

Ils burent ensemble quelques whisky-sachets, on perçait un trou avec les dents. Il y avait un silence. La chaleur et la fatigue qui les rattrapaient. Quand même, dit-elle, ce n'est pas le Congo. Il avait voulu voir Paris, les monu-

ments ; elle voulait voir le Congo, les croco-
diles. Heureusement le Ntem n'en contient
plus beaucoup, des crocos, souriait-il. Il avait
vu, lui, le Congo. Les bateaux pourrissant sur
le Pool Malebo. On aurait passé le tournage à
payer et repayer ; à envoyer à la Compagnie des
bouts de papier spongieux sur lesquels seraient
inscrites, au Bic, des quittances du style « Taxe
d'autorisation de départ », signées par un
type armé d'une kalachnikov, qui répondrait
au nom d'« Un-seul-œil » ou « le Gaucher » ;
suivi d'un autre, huit jours plus tard, pour une
autre taxe pour un autre militaire ; suivi d'un
autre papier, jusqu'à péremption, élimination
du fonctionnaire, remplacement par un autre
gang, augmentation, interdictions, rançons. Et
le bateau n'aurait toujours pas bougé. Ici, on
ne payait que de temps en temps, et à des gens
qui avaient un nom.

« Quand même », insistait-elle en tétant son
sachet de *Fighter*, et sans plus trop savoir de
quoi elle parlait. Des créatures zonzonnantes
les attaquaient. Il enroula la moustiquaire
autour d'eux, ventilateur braqué sur les plis. Ils
firent l'amour dans le cocon humide, râpeux,
traversé de courants. L'électricité sauta. L'électricité revint. Plus tard le bidon qui servait de
chevet semblait bouger tout seul et sonnait
comme une cloche : des souris se disputaient
ses biscuits diététiques. Kouhouesso les chassa.
Elle sentait ses mouvements couper le flux du

ventilo. Dans l'ombre de la chambre elle ne le voyait pas, pour de bon l'homme invisible, noir dans la nuit, air dans le vent.

Vers l'aube il lui sembla qu'on creusait à nouveau sous sa fenêtre. Elle avait peur d'aller voir, de réveiller Kouhouesso. Elle prit un somnifère. Depuis Noël – depuis, comment appeler ça, depuis son départ – elle n'arrivait plus à dormir. Depuis la nuit des Playmobil. Comme si tout l'alcool bu à Clèves ce soir-là lui restait dans le sang, la tenait dans un décalage horaire, dans une éternelle fatigue, dans une densité de forêt.

Au réveil, il n'était plus là. Et sous la fenêtre, la terre avait été remuée, comme si le sol avait été pelé, jaune pâle, mou, avec une traînée humide qui disparaissait sous les arbres. Elle songeait à la sorcière, elle hésitait à lui porter un billet de cinq mille.

OCCUPÉ JUSQU'AU COU

Vincent Cassel était là pour dix jours. Dix jours pour jouer tout Marlow, dont trois dans les grottes avec George, dès que celui-ci arriverait. C'est Olga qui la tenait au courant. Qu'une costumière-chef soit plus nécessaire qu'elle – mais qu'attendait-elle, sinon cette cohue, sinon cette foule logée en vrac, repas pris ensemble ou pas, chacun chargé d'une mission recoupant plus ou moins celle des autres, tous plus ou moins fiévreux et malades, mais tous tendus vers cette interface imaginaire d'un roman devenant un film ? D'une Afrique devenant une histoire ? Avec autant d'efforts qu'un boa digérant une grande antilope, avec des nœuds et des soubresauts, des hoquets, des protubérances...

Les deux cents figurants refusaient d'être filmés nus. Une épidémie. Une sorte de mode. Même à moitié nus, non : quelle image voulait-on donner de l'homme noir ? On les prenait pour des sauvages. Nus c'étaient les Pygmées.

Deux cents pagnes en raphia désignés par Olga et cousus au Maroc, avec les ornements de tête, de nez, de bras et de jambes : non. Une délégation menée par un certain Saint-Blaise demandait cinq mille francs de plus par figurant pour se désaper de sa fierté bantoue. Kouhouesso rigolait : sept euros de plus chacun, un million de francs CFA, deux mille dollars, une paille. Même pas le prix des pagnes. Il n'oubliait pas, d'ailleurs, qu'il lui devait de l'argent, à Solange ; qu'elle lui fasse une facture, la Compagnie lui rembourserait.

Hollywood sur jungle : pour cinq mille de plus – cinq boîtes de sardines, un bout de coq rôti, un pourboire de sorcière – deux cents villageois ornés de grigris arrosaient le bateau de fléchettes et « la brousse grouillait de formes humaines en mouvement ». La scène fonctionnait du feu de Dieu. Jessie particulièrement était sublime, il mourait avec une sobriété inattendue, allongé dans le sang comme sur de la pourpre, avec un regard « extraordinaire, profond et familier ». *You were wild, Jessie, you were sublime, I love you.*

Les Noirs d'ici n'étaient pas comme Kouhouesso. Mais surtout, ils n'étaient pas comme Jessie. Jessie n'était pas comme eux. Certes il y a des Afro (lui expliquait Kouhouesso), des Afro-Américains qui veulent devenir africains. Retrouver l'Afrique qu'on leur a volée. En général la fin de l'épisode est peu glorieuse. Soit ils ont peur de quitter une seule seconde le Sheraton de Monrovia. Soit ils sont rapatriés pour dysenterie. Au pire ils finissent en rastas à Addis-Abeba, à prêcher que les femmes ont la souillure du diable, sans renoncer jamais à leur passeport américain. Infiniment plus nombreux sont les Africains qui veulent devenir américains. Ou canadiens, par défaut.

Il tirait sur sa cigarette et elle le retrouvait, son expliqueur, son déplieur, son royal agenceur du monde. Le dernier jour de tournage de Jessie avait été fêté jusqu'à l'aube, et Kouhouesso était rentré avec elle au *Droit-Chemin*. Comment avait-elle fait, sans son descriptif inlassable ? C'était comme être privée de ses propres yeux. De ses propres mains, songeait-elle en les prenant dans les siennes. De sa propre tête sur son propre cou. De sa propre voix douce et mouillée. Elle l'embrassait, dans le creux sous la pomme d'Adam. Et elle lui demandait si sa tendresse l'ennuyait, et il lui répondait : pourquoi m'ennuierait-elle ?

Le creux doux du cou de Kouhouesso, ce creux large comme la pulpe des doigts, rond comme des lèvres jointes : le temps, dans ce creux, s'enroulait. Et elle l'embrassait comme si c'était la dernière fois, elle étreignait cet homme qui devenait un arbre, impassible, silencieux et haut.

Elle pensait aux sorcières européennes qu'on perçait bout de peau par bout de peau pour isoler la « marque du diable », qui prouvait, par insensibilité, leur essence maléfique. Le creux doux du cou de Kouhouesso c'était comme sa dernière part de douceur. La douceur avait reflué en lui, presque disparu, la douceur s'était logée toute dans son cou – et tout en elle en était amolli, vulnérable et comme annulé.

*

Il insistait : qu'elle aille donc à Poco-Beach, le *Droit-Chemin* était vraiment une taule, d'ailleurs c'était *aussi* pour ça qu'il la visitait peu. Mais elle ne se plaignait de rien : depuis qu'il avait fait installer des toilettes chimiques, Petit-Poco s'était civilisé.

Tout, il s'occupait de tout. Il était le « patron », le capitaine du bateau, le Coppola de Petit-Poco. Quinze personnes tous les matins l'attendaient devant sa case avec des questions urgentes, logistique, décor, accessoires, eau, feuille de route, pagaie volée, rixe subite, société de gardiennage qui traitait les vigiles en esclaves, départs, arrivées, retours, complications, paniques. Le circuit des salaires, sur les trois sites du tournage, se faisait en enveloppes d'argent liquide, avec un seul coursier à moto à qui il fallait bien faire confiance. La Compagnie avait remplacé Natsumi par une aide-costumière locale mais Olga l'avait désavouée, du coup elle était surmenée. Le coiffeur, un autre local, bossait aussi comme maquilleur, et sans se plaindre : les gens ici connaissaient la valeur du travail. Le script-boy avait été embauché à Douala, les machinos étaient du Nigeria, tous les ouvriers déco et tous les employés régie étaient camerounais. Le budget dégagé était prodigieux, l'avenir du cinéma était en Afrique.

Kouhouesso arpentait la forêt d'un bon pas, les arbres allaient le suivre comme un seul arbre, tous en rang enfin dirigés. Machette, sécateur, tronçonneuse et bulldozer, on coupait des couloirs pour la caméra : l'horizon sinon butait à trente mètres, le paysage était fermé. L'idée même d'un film forestier était un paradoxe qui rendait Kouhouesso joyeux et conquérant.

Favour avait minci et peut-être fait rajouter du volume à ses seins. Drapée dans une cotonnade rayée, sa silhouette un longiligne S, elle battait lentement de ses paupières fardées. Comme si c'était trop d'effort d'accorder un regard à ceux qui n'étaient pas de la race des princes. « Molletières de laiton jusqu'aux genoux », brassards dorés jusqu'aux coudes, deux taches écarlates peintes sur les joues – Olga et le coiffeur bourdonnaient autour d'elle. Kouhouesso avait acheté à un Bamiléké de passage un masque pounou du Gabon, avec une coiffure à trois bandes ; et Welcome, le coiffeur, ni pounou ni rien du tout, peinait à reproduire la splendeur sur le crâne impatient de Favour. Tout le monde était content sauf elle. On envisageait une perruque.

Ce masque – les yeux fendus, le nez long, le front altier – c'était elle, c'était Favour, Kou' avait l'œil, c'était troublant. Quand elle apparaissait sur la rive, portant sur elle « la valeur de plusieurs défenses d'éléphant » (en plastique), tout ce toc, toute cette pacotille, toutes ces dimensions en désordre se rapportaient enfin au plat d'une image cadrée : et ça avait de la gueule, ça incarnait quelque chose comme la Grande Idée, Favour levant au ciel ses bras ensorcelants.

Il n'y avait que les poseurs de rails dont Kouhouesso n'était pas content : on aurait dit des Français. Le contremaître était même syndiqué. L'arrachage des souches posait de gros problèmes. Il fallait creuser très profond puis reboucher, avec du gravier importé de Douala. Si on n'arrachait pas, d'une heure à l'autre les surgeons repoussaient. Et le fleuve s'infiltrait, la berge croulait, on avait vu des rails partir à l'eau. C'était comme si une force têtue démolissait la nuit le travail du jour. Ça remuait la terre, ça soulevait les traverses : on murmurait. Cet envoûtement de la terre déboisée, nue et comme pelée – les fronts se plissaient, les yeux s'assombrissaient. Il ne fallait pas être sorcier pour entendre s'ouvrir autour de Kouhouesso des cercles plus ou moins sonores, des ondes autour du centre d'un gong.

Lui n'avait que *Week-end* de Godard à la bouche : le travelling le plus long de l'histoire du cinéma. Il le voulait très lisse et doux, son travelling, aussi fluide que le fleuve lui-même, aussi insidieux que la lenteur du bateau. Il décrivait la scène à toute l'équipe : au bout du travelling il y aurait Favour, levant les bras vers le ciel. Dans le roman, son rôle s'arrêtait là, mais le bruit courait qu'elle avait obtenu de figurer avec George dans les grottes.

De son côté, elle ne trouvait jamais le bon moment pour lui parler des scènes de la Promise. Elle comptait en jours comme à Los Angeles : six jours depuis leur dernière nuit. Le repérage traînait, on mettait d'abord au point le planning de Cassel : on caserait ses petites scènes quand on pourrait. C'est ce que lui avait dit l'assistant réalisateur.

*

Un pangolin. Les traverses à l'eau, la terre remuée : un bête pangolin. On le pendit par la queue à l'entrée de chez Siphindile. Un mètre trente pour quarante kilos, un pangolin de belle taille, le format d'un enfant de dix ans. Solange restait sous le porche, avec la bête que venaient admirer les connaisseurs. On marchandait. Sa bouche étrange, ronde et édentée, semblait téter la poussière jaune. Solange connaissait les taupes, même très grosses, du jardin de sa mère ; mais ça elle n'avait jamais vu.

Freeboy voulait un acheteur pour l'ensemble de l'animal, il l'avait tué en disant les paroles, en lui demandant la permission ; il ne le laisserait pas débiter comme un vulgaire porc-épic.

C'est Patricien qui l'obtint, entier, pour l'anniversaire de sa femme à Kribi.

Cinquante convives sous un auvent de feuilles, des jerrycans de vin de palme, des musiciens. Le plus difficile, dans l'assiette, c'étaient les écailles. Patricien disait qu'ils disparaissent, les pangolins, leurs écailles sont considérées comme magiques. C'est le seul mammifère non humain à marcher sur les pattes arrière, en s'aidant de sa queue comme balancier. Strictement nocturne. Creuse des terriers, bouffe des termites, ses grosses griffes éventrent leurs tours, *crac*. Sinon, un goût un peu comme le canard, confit à la sauce arachide.

Kribi est une jolie ville. Patricien logeait dans une bicoque en bois blanc, moisie mais agréable. Il n'était plus pauvre mais pas riche : pas de vigile devant ce qu'il nommait sa résidence. Non loin de là il y avait la cathédrale, le quartier dit français, deux ou trois maisons coloniales, un genre de casino et un hôpital rustique ; et puis bien sûr les inévitables cases, les cabanes en n'importe quoi. La femme de Patricien avait fait des études à Yaoundé. L'hôpital datait du XIXe siècle, à tous les sens du terme. Il y avait des choses intéressantes à visiter. C'était possible ici, peut-être, pour la Promise.

Elle reçut un texto, en plein repas : « Commencez sans moi. » Il avait signé *K*, lui qui ne signait jamais. Comme si l'ambiguïté avait été possible. *K*, comme si elle avait pu attendre un autre homme.

Elle buvait du *matango* jaune et mousseux, mangeait du *tapé-tapé* ; et ce caillou qu'elle avait dans la gorge, ce stupide nœud dans le ventre qui datait des jours d'attente à Los Angeles, se dissolvait un peu. Le soleil jetait des confettis à travers le toit de feuilles, et elle se voyait d'en haut, du ciel, des satellites, tout petit point parmi les autres points, ivre et un peu nauséeuse, dans ce bout de lagune avant le fleuve Ntem, au bord de la grande forêt, au fond du golfe de Guinée. Exactement dans le creux de l'Afrique. Très loin du creux où elle était née, le golfe de Gascogne, l'angle droit familier, plus petit, plus *cantou*, qu'elle avait laissé dans son Sud-Ouest à elle.

Assise ici à ce repas de fête, à bouffer du plantain et du pangolin mort comme si elle avait fait ça toute sa vie. Kouhouesso l'avait teintée. Il l'avait rendue un peu noire. Et les autres ici le savaient. Elle s'imprégnait de leur accent chantonnant, comme à Clèves quand elle *s'adaptait*, aux hommes sans instruction, aux femmes sans carrière, aux enfants sans avenir ; mais ici elle restait vigilante car les réponses la surprenaient. Elle réfléchissait. Elle faisait répéter. Elle riait à contretemps aux blagues et ils la trouvaient mignonne. Elle s'africanisait avec une maladresse qu'ils lui pardonnaient. Oublier qu'elle était blanche, toute leur politesse était là. Et elle, elle l'oubliait. Et K., elle l'oubliait, un peu ; elle le diluait dans la fête autour du pangolin, elle le voyait partout mais nulle part, elle souriait à tous. Vouloir se faire aimer de tout le monde plutôt qu'un seul, ça lui faisait comme un repos.

IV

JUNGLE FEVER

Les décorateurs avaient bien travaillé, on se serait cru tout à fait en Europe. La « porte d'acajou du premier étage » : voilà qui n'avait pas été difficile à trouver, du *ngollon*, ici, et pas cher. Pour la cheminée de marbre d'une « monumentale blancheur » et pour le piano à queue « pareil à un sombre sarcophage », le scénographe avait privilégié, par défaut, l'atmosphère sépulcrale. Un guéridon, un fauteuil rapetassé, les rideaux qui étaient déjà là, un tapis d'importation : tourner les scènes de la Promise au vieux casino de Kribi coûtait moins cher que n'importe où ailleurs. Tout à fait en Europe, oui, sauf la chaleur. Elle et Vincent tentaient d'en rire, lui dans son costume fermé d'une cravate, elle dans sa robe boutonnée jusqu'au cou.

Un trac terrible la prenait. Ce n'était pas à cause de Cassel, elle avait déjà joué avec des pointures. C'était Kouhouesso. Ce *rapport*-là. Elle avait toujours évité de – les histoires avec les réalisateurs. Elle avait mal au ventre. Elle

233

prenait de l'Imodium tous les jours, et des décoctions de quinquina. Welcome et Olga se disputaient. Welcome était nerveux, les teints coulaient, si ça traînait encore il faudrait tout reprendre, on aurait dû investir dans la clim'. Jouer le froid était possible, pourtant, comme jouer l'Europe, comme jouer la tristesse.

Olga paraissait épuisée. Et tout le monde l'appelait « la Chinoise », ça l'exaspérait. La robe et le costume trois pièces n'étaient jamais parvenus jusqu'à Kribi. Ils flottaient peut-être au milieu de l'Atlantique comme des vestiges de naufrage. La douane à Douala fonctionnait comme un siphon, d'où resurgissaient, ou pas, des objets indispensables. Olga avait dû refaire une robe, trouver un tissu vraisemblable, le teindre, l'amidonner, faire fabriquer en hâte de petits boutons façon nacre, dégotter de la dentelle, bricoler un corset ; et tailler un habit pour Cassel à partir d'un costard de sapeur.

Et la lumière. La pièce était au Nord, mais ça flambait, les éclairagistes bataillaient. Kouhouesso filmait des détails avec une caméra légère, en attendant. Il filmait ses mains de Promise, posées sur ses genoux drapés de noir. Elle les voyait par ses yeux, des mains nues, très blanches, les veines très bleues, Welcome lui avait fait une manucure discrète... La caméra mobile sur ses mains abandonnées, c'était doux, c'était bon. Kouhouesso, tout pour elle...

Il la regardait. Il filmait ses yeux. Elle plongeait dans l'objectif. Dans les bords de son champ de vision passaient des corps, passaient des ombres. Welcome. Vincent. Assistants éclairagistes. Assistants décorateurs. Assistant opérateur. Kouhouesso se détachait. Se détachait d'elle, et ses yeux le suivaient, lumière, la pièce tournait, flottait… Blondeur diaphane, halo cendré. Moteur. Ce rôle, c'était elle, taillé pour elle… *Ça tourne.* Oh, elle se sentait belle, et triste, et désolée. Son front uni et clair illuminé de foi et d'amour… « Penser que personne ne l'a connu comme moi… J'avais toute sa noble confiance… C'est moi qui le connaissais le mieux… »

« Coupez, dit Kouehousso. On ne t'entend pas. »

« Penser que personne… Il avait besoin de moi… »

Il la regardait. Il la scrutait, même. Elle aurait aimé des indications plus précises, qu'il lui explique cet homme et cette femme. Qu'il lui raconte leur amour, qu'il lui redise leurs promesses… Il la laissait dans le flou. Dans la lumière brûlante. Et ça ne tournait pas pour autant. Le soleil emmerdait le monde. Cassel se rassit, Welcome le repoudrait. On reprenait.

« C'est vous qui le connaissiez le mieux... »
Cassel était Marlow et lui-même à la fois, comme
on parle deux langues, comme on vient, avec
évidence, de deux endroits. Dans sa réplique
flottait un doute cruel, tout un Congo de
brume, elle et lui n'avaient pas connu le même
Kurtz... Elle avait l'impression de valser, mais
une valse désespérée. La lumière empirait, tous
les efforts du staff n'empêcheraient pas le soleil
de monter... Action, action. Solange : « J'ai
été très heureuse, très fortunée, très fière...
Trop fortunée, trop heureuse pendant quelque
temps. Et maintenant, je suis malheureuse
pour toujours... » Les larmes lui montaient aux
yeux, elle était bonne, elle était juste, mais Kouhouesso ne la regardait plus. Coupez.

Le ciel, au lieu du gris habituel, affichait un
bleu défilant de nuages. Ça clignotait à l'image,
ombre et lumière façon super-8. On se serait
cru en Île-de-France. Kouhouesso ouvrit une
fenêtre, les rideaux volèrent, il inspectait le
ciel comme on attend, d'un bord à l'autre, les
oiseaux, les augures, un trou dans le temps qui
dure le temps d'une scène.

On n'y était pas.

Vers 14 heures ils y furent pourtant, à la
faveur d'un gros cumulus qui devint un grand
ciel d'orage, qui ne creva pas. Ils avaient pris
du retard, le convoi de 4 × 4 les ramenait dans

un tourbillon de poussière – le piéton qui ne s'écartait pas savait ce qu'il risquait, *ekié* ! Le crayon de Dieu n'a pas de gomme. Un arrêt à Petit-Poco : on la déposait, on prenait Favour au passage et on repartait pour les scènes sur le fleuve.

Pourquoi n'allait-elle pas à Poco-Beach ? Elle serait mieux à Poco-Beach. Devant chez Siphindile, ils restèrent cinq minutes à discuter. La chaleur était consternante. À l'ombre de l'auvent on marchandait du singe. Les petits corps pendus raidissaient sans refroidir. À Poco-Beach elle mangerait de la langouste.

Tout le monde les regardait, debout tous les deux dans le plein soleil gris. Elle dit qu'elle irait tout de suite après la mort de Kurtz. Olga lui avait fait encore une autre robe, blanche, pour la scène dans les grottes. « George l'adore », affirma-t-elle. Kouhouesso ne répondit rien. Il l'embrassa. Assez longuement, sur la bouche. Il la tenait par la taille doucement, un courant électrique lui montait vers la nuque. Il repartit dans le 4 × 4, elle resta une seconde, étourdie, ses yeux mettaient des ombres où il n'y en avait pas.

Tout le village les avait vus s'embrasser : c'était officiel. Ils auraient fait la une du *Hollywood Reporter* que son cœur n'aurait pas davantage cogné.

« Jungle fever », dit Siphindile. Les filles se mirent à rire. C'était un diagnostic : ce qu'on dit quand une Blanche veut un homme noir. Et vice versa, parfois. La sorcière aussi se marrait, d'un rire bénin, comme si ce n'était pas grave.

ET SOUS LES GRANDS ARBRES NOIRS

Il avait plu. Les premières pluies de la saison. La piste était tellement mauvaise qu'ils étaient tous silencieux, elle à l'arrière accrochée à la poignée, anticipant les chocs et grelottant, tout occupée à avoir froid dans l'humidité féroce du matin. Le câble du treuil cassa au premier embourbement. Comme un coup de feu. Jaillit, invisible, et entama d'un long trait jaune le tronc auquel il était accroché. La Toyota fit un bond puis retomba. Elle pensa aux toros de son enfance, à terre, à leur dernier mouvement.

La boue avalait les bottes. Les guides bakas et bagyélis, Freeboy, M'Bali et Tumelo, restaient à la surface en tongs, inexplicablement. Ils portaient tous des amulettes au cou. Freeboy tripotait sans répit son iPod et semblait murmurer des prières. À moins qu'il ne chante dans sa tête. La forêt gouttait, de longs fils d'eau, une dimension verticale de plus.

La tête lui tournait un peu. George lui donna une barre de chocolat bio enrichi au magnésium. L'agent de George avait tenu à être là, façon garde du corps, et c'était bizarre, ces deux Blancs supplémentaires. George était plausible partout, désert, espace intergalactique, jungle urbaine ou ici ; mais son agent c'était quelque chose, avec sa veste d'explorateur et sa moustiquaire de visage ; il ne lui manquait que le casque pour ressembler au Dr Livingstone.

Plus tard ils avaient redémarré. Ils étaient six dans la grosse Toyota, si embuée qu'on ne voyait plus la forêt, et tout un convoi les suivait. La piste formait un tunnel sombre, Patricien avait allumé les phares. Kouhouesso ne parlait pas. Patricien faisait la conversation, et George disait des blagues. Elle avait mal à la gorge. L'idée d'un thé chaud l'obsédait. Son corps avait fini par accepter les cahots comme une donnée du biotope, une manifestation locale de la gravité. Elle était devenue souple, élastique, elle s'endormait accrochée à la poignée, groggy de chocs, calée entre George et Freeboy.

Plus tard ils avaient atteint le bac sur le Dja. Les mout-mouts attaquaient, elle avait mis sa cagoule et ses gants de jardinier, au point que le garçon du bac (que le pilote appelait « l'Amiral ») la dévisageait plus encore que si elle avait été tête nue. Le Pilote et l'Amiral plantèrent deux planches dans l'argile de la rive, Kouhouesso prit le volant du premier 4×4, qui embarqua avec grâce, d'un bond. Le petit bac s'enfonça, les câbles se tendirent et les poteaux s'inclinèrent vers l'eau. Patricien lui tint la main, l'agent de George insista pour attraper celle de George, tous montèrent à bord. C'était simple soudain. Ça fonctionnait. Fluide, ça s'enchaînait, le temps avait enfin la même forme que le fleuve. Elle eut un flash de Paris, d'un matin rue du Bac au croisement du boulevard, elle allait vers où ? Voir qui ? Dans son pays là-bas. Dans le pays de la fluidité blanche. L'Amiral se pencha de tout son petit corps sur un énorme volant et le fit tourner, de plus en plus vite, le bac eut un temps d'étonnement puis avança, comme s'il avait compris ce qu'on attendait de lui, à la façon d'un âne ou d'un cheval. Elle sentit le mouvement dans son corps ; puis une glissade. Le bac se mettait en travers du fleuve. Et elle se dit ça y est, ça va coincer quelque part, ça va se renverser, mais non, ça utilisait le courant pour aller plus vite, de biais, comme un crabe.

L'Amiral était à peine sorti de l'enfance. Quand elle lui rendait son regard il se détournait, très sérieux, yeux fixés sur la rive. Des milliers de papillons jaunes voletaient sans poids sur le fleuve. Kouhouesso fumait, appuyé à un bidon de Castrol, et elle eut à nouveau un flash-back de son père quand elle était petite, cette beauté, cette force, cette absolue fermeture sur soi.

C'était un bac à traille (elle comprit d'abord *treuil*), à *traille* insista le Pilote en ouvrant grand le *a*. Autour d'eux ça faisait *clac clac clac*, un raffut d'enfer, de quand datait ce truc ? Des Allemands sûrement, estima le Pilote : un mécano pareil c'est prussien. Il l'avait hérité de son père. Au début-début il y avait eu des éléphants pour s'enfoncer dans la forêt et tracer de leur gros corps des pistes éléphantines. Derrière eux s'étaient engouffrés les céphalos, les bongos, les hérissons à ventre blanc, les potamochères, les pangolins, les guibs. Et après eux les Pygmées, et après eux les Bantous, et après eux les Blancs : Allemands, Anglais, Français. Le Pilote, de son bac, avait vu les éléphants deux fois. Jamais les gorilles. Il craignait surtout les buffles d'eau, qui gardent pied au lieu de fuir. Il avait vu un lion, une fois. À Douala, au zoo.

Elle songea aux éléphants des cirques. Passa un éléphant de cirque, d'il y a longtemps, avec un chapeau de groom rouge, dans son enfance loin des jungles. Mais il était trop tard pour retourner dans le passé. Y rentrer comme dans un pays ce n'était plus possible : elle était trop loin, trop enfoncée, plus rien ne la rattachait à elle-même que cet homme, Kouhouesso.

Il repartit avec le bac, il faudrait faire sept voyages en tout pour sept voitures et toute l'équipe. Un fin trait de brume voilait le milieu du fleuve, la silhouette de Kouhouesso devenait grise, translucide. Dans ce sens-là, le passage se faisait en silence, mû par le courant ou elle ne savait quoi d'étrange et lisse. Au retour seulement le *clac clac* recommençait, grossissait, la deuxième Toyota arrivait, tout le monde était trempé, il pleuvait sur l'autre rive. Puis Kouhouesso repartait. Dans le dernier convoi il y avait Favour. Le 4 × 4 avançait sur l'eau, moteur coupé, comme porté par le temps même. Solange vit de loin Kouhouesso tenir la portière et Favour sortir avec grâce, son mince bras noir monter vers sa bouche pendant qu'il lui donnait du feu. Bouffée. Alors seulement claqua le *pang* de la portière, alors seulement le bruit porta, l'atteignit, trois cents mètres par seconde songea-t-elle, trois cents mètres par seconde si je criais, si j'appelais son nom, Kouhouesso.

Plus tard, ils roulaient le long d'une palmeraie à huile, ciel aligné entre les troncs. Plus tard ils avaient atteint les premières falaises. Il y avait, chose insensée, une sorte de parking. Des femmes bakas sous une hutte en feuilles vendaient du poisson grillé. C'étaient de gros poissons genre chat, servis d'un bloc dans des palmes, à emporter. Plus bas il y avait un bras de fleuve où un homme les pêchait au savon Ivory. Les poissons en raffolent, parfum particulier ou graisse animale, on ne sait pas. Elle prit quelques photos. Elle observa M'Bali et Freeboy : ils décollaient la peau du pouce, il n'y avait pas d'écailles. Une peau noire et craquelée sur une couche de gras gluant ; dessous c'était bon, jaune et juteux. Elle avait ôté ses gants de jardinier et de petites abeilles ne cessaient de se poser sur ses doigts – elle poussa un cri. Ce n'était pas une piqûre, il n'y avait pas de dard. Elle avait peut-être effleuré une – comment appeler ça – une des antennes ou des moustaches du poisson. « Ces *soussous*-là, dit Freeboy, ça reste vivant dans la mort, *ékié* ! planté sur une sagaie ça bouge encore longtemps-longtemps. » Son pouce gonflait. Se faire piquer par un poisson mort, il n'y avait qu'elle, la typique *moundélé*. Elle avait emporté du gel antihistaminique, mais son bagage était enfoui quelque part dans la Toyota.

Plus tard on grimpait à pied vers les grottes. On commençait à voir à travers les arbres, pas tant le ciel que d'autres arbres, des pentes, des dénivelés. Freeboy montra de gros trous ronds dans la terre, des traces d'éléphants, l'empreinte nette de leurs ongles. M'Bali coupa une liane double, ils goûtèrent l'eau végétale très pure. Seul l'agent de George n'en voulut pas.

Elle l'apercevait parfois, Kouhouesso, de dos, en tête du cortège, dans les virages de la montée. On avançait vite. Le sentier était ouvert, guère de travail à la machette. Kouhouesso, depuis le temps qu'il repérait, était loin devant, et Freeboy courait derrière, Kouhouesso semblait gigantesque par contraste. Patricien fermait la marche, sinon entre elle et Kouhouesso il y avait tout le monde, Favour, Hilaire, Germain, Sidoine, et Vincent, et George et l'agent de George, et Thadée, Idriss et Saint-Omer, et Kouminassin, et Olga, M'Bali et Tumelo, Welcome, Archange et Pamphile, et Gbètoyénonmon le cuistot béninois, que tout le monde appelait Béton, et Freeboy, qu'on connaissait sous ce nom qui était sans doute son vrai prénom ; et les gardes armés de MASS 36, et d'autres dont elle avait oublié les noms. Tous ces Noirs en file indienne qui portaient des trucs sur leur tête, on avait beau savoir que c'était pour un film, le petit côté *déjà vu* on l'avait. Elle et Favour étaient les seules à ne rien trimballer, même George et Vincent portaient des sacs à dos.

La main lui faisait mal et le front lui brûlait, mais quelque chose de glacé la saisissait aussi – la forêt, songeait-elle, la main de la forêt. Elle se concentrait pour continuer à marcher. Elle se disait – si je pense suffisamment fort à Kouhouesso, il va se retourner. Il va se retourner là en haut du sentier. Il va se retourner, et me regarder et m'attendre. Sa lourde tête, se retourner. Le creux de son cou si doux. Me sourire et m'encourager. Non, juste se retourner, ça m'irait. Elle lançait le fil télépathe en amont du sentier. Kouhouesso disparaissait, les herbes géantes l'avalaient, elle se tendait vers lui, elle envoyait très fort ses pensées, retourne-toi, regarde-moi. Mais le fil des marcheurs s'allongeait et quelque chose bloquait sur la ligne, le sentier n'était pas complice, le sentier était contre elle. Ça bloquait sur Favour. La forêt et Favour étaient contre elle.

Contre toute attente, le mot d'ordre arriva qu'on faisait une halte, là. Une énorme fougère, enfin un machin vert, un céleri géant, s'était multipliée à tel point, à force de racines et de repousses, qu'un palier s'était créé dans la pente. De s'arrêter, les petites abeilles se posaient partout, s'infiltraient où elles pouvaient, avec une véhémence de mouches. Il y eut comme un éclair, c'était Favour jetant sur ses épaules, négligemment, une somptueuse étole argentée. M'Bali s'éloigna dans la forêt et revint avec des larves blanches qu'il appelait des « hannetons ». Des bouteilles d'eau descendirent et remontèrent, les petits comprimés de chlore bondissaient en effervesçant et il lui sembla se voir elle, zigzagante, enfermée, démultipliée, diminuant. Et contre toute attente, Kouhouesso faisait demi-tour. Que faisait-il ? Il descendait. Vers où descendait-il ? De plus en plus bas dans la file. Pourquoi ? Il s'arrêtait devant elle. Elle leva les yeux. « Ça va ma belle ? » Elle lui montra sa main. Il dit que ce n'était rien et doucement la pressa dans la sienne. Ses lèvres luisaient. Avait-il mangé des hannetons ? « Mange-moi », songea-t-elle. Une prière, une supplique au cannibale. Mange-moi. Qu'on en finisse. Qu'il la mange à jamais.

LES FEMMES SONT DANS LA FORÊT

Un grand silence de fatigue s'était fait. Le silence vers les grottes. Elle, elle était presque heureuse. Patricien avait l'air inquiet. Il regardait le haut des arbres – non, il regardait Freeboy qui regardait le haut des arbres. Freeboy remuait les lèvres. Ils savaient tous qu'il fallait arriver avant la nuit, sinon Freeboy, et M'Bali et Tumelo, tous les Pygmées, refuseraient d'avancer. Freeboy dit que les arbres parlaient. Patricien l'à moitié baka traduisait. Les démons, on ne les voyait pas. Mais ils étaient là, et la nuit les amenait près des hommes, la nuit leur audace était sans pareille. Favour leva les yeux au ciel. Les démons entraient dans la bouche des gens et leur faisaient porter des paroles à conséquence. Des paroles à funestes débouchés. Ils entraient dans leur corps et y faisaient des démoneries.

Les arbres avertissent et préconisent, disait Freeboy. Les arbres prennent le parti des sages. Les grottes sont sacrées. Kouhouesso jeta sa cigarette et dit qu'on repartait. Elle était choquée, est-ce qu'on ne pouvait pas attendre ? écouter ce que racontait Freeboy, que traduisait Patricien et que disaient les arbres ?

Kouhouesso répète : « On y go. On y johnny, là. » Freeboy secoue la tête. La forêt est *bwi*. Les secrets sont dehors. Les arbres souffrent. Chaque arbre abattu laisse dehors l'arbre derrière. Les panthères entrent dans les villages. Le monde tombe malade. Mais surtout ce que n'aime pas Freeboy – et là il s'étouffe un peu, il semble bégayer même si pour elle, évidemment, il est difficile de discerner un bégaiement dans une langue qu'elle ne parle pas – les femmes sont dans la forêt. Patricien est un peu gêné. Il traduit : les femmes sont dans la forêt.

Il n'y a pas que moi, a-t-elle envie d'argumenter, il y a aussi Favour et Olga. Elles sont *bwi*, peut-être, Favour et Olga ?

« Tu serais pas gabonais, mon frère ? demande Kouhouesso. Plus superstitieux que les Gabonais je ne vois que les Corses. Avance, mon frère, sinon les démons vont siffler puissamment à tes oreilles. »

On repartait. On escaladait des troncs tombés. On se donnait la main dans des rochers. M'Bali et Tumelo ressortaient les machettes pour des branches sur le sentier. C'était long. Il avait eu des orages, on n'avait pas prévu de tronçonneuse. Freeboy boudait en milieu de cortège. Plus tard, plus rien au-dessus de la tête qu'un ciel laiteux éblouissant. Le sol s'asséchait, on marchait mieux. On avait le sentiment d'avoir enfin le dessus. La forêt étalée, dominée. Quasi cultivée, la forêt. On voyait les arbres de haut, la fichue *canopée*, ce moutonnement de brocoli géant percé de tiges, sommets d'artichauts et crêtes de persil. On retrouvait, dans le vide de sa tête, un bout de moi à réenfiler comme un vieux chapeau.

La sensation de se tenir debout. De s'étirer. De contempler. Mais il fallait monter encore. Elle chercha quelque chose à désirer, quelque chose pour elle, autre que Kouhouesso. Quelque chose qui lui rappellerait un sol dégagé, les gares et les aéroports, la terre ferme, les rues, les prés. Un souvenir d'enfance d'où se rembobiner. Les après-midi à Clèves, l'été, l'ennui. Les kermesses et les éléphants, oui, ils étaient là les éléphants. À cogner du front contre les planches de leur ménagerie, une nuit de cirque, son premier baiser. Dans ce passé séparé d'elle par la forêt. Le temps poussé dans les arbres et contenu ici, dans la forêt. Le temps débité en planches chez les Blancs.

On arrivait sur un plateau de granit. Un dernier fromager faisait comme une main plongée dans la pierre. Le ciel était rouge. Les hommes s'appuyaient aux profonds plis de l'arbre. Des ailes, des rideaux, entre lesquels on pouvait s'allonger. Kouhouesso était parti encore devant, aux grottes, voir l'état du décor. M'Bali et Tumelo ôtèrent leur sac à dos et sortirent une gourde de vin de palme. Germain posa le petit groupe électrogène qu'il portait depuis ce matin sur sa tête, et qui lui avait fait une étrange silhouette de robot. Freeboy mordit dans un whisky-sachet. L'équipe dite blanche fit de même. Un paquet de Marlboro circulait. Des tentes commençaient à pousser. Hilaire envoya chercher du bois. Béton et Thadée allumaient un feu, très classiquement, avec un briquet. George, Vincent, l'agent de George et Patricien jouaient au poker sur un tronc abattu. Welcome testait du rouge à lèvres sur Favour, qui essayait de le dissuader de se blanchir la peau. Olga dormait déjà, la tête contre sa malle de costumes. On aurait dit un cirque ambulant qui se serait gravement trompé de route.

Ôter ses bottes, se doucher, son désir c'était ça, voilà. La nuit tombait et les moustiques attaquaient, elle cacha dans ses gants les derniers centimètres carrés de peau nue de son visage. La voix de Kouhouesso, revenu, grave, hyper-reconnaissable. Un problème avec le décor. M'Bali et Tumelo qui voulaient renégocier leur tarif, la nuit est chère, et Freeboy traduit par Patricien, leurs voix mêlées à celle de Kou'. Ensuite ça parlait en d'autres langues. Il y avait des éclats et des moments comme murmurés.

Dormir. Les sons l'entouraient. Les insectes. Les cliquetis de la vaisselle en métal. Des coups de quelque chose dans le sol. Les *pof* des tentes Quechua dépliées, les rires. Favour réclamait quelque chose en anglais, plus tard elle téléphonait en yoruba avec son Thuraya personnel. Béton et Thadée s'engueulaient en français, il manquait un sac de vivres. Les arbres s'ouvraient et se fermaient. Le dos de Kouhouesso devant elle, plus loin, encore un peu plus loin. Elle écartait lentement des branches molles, ses pieds coulaient, elle glissait dans la vase, elle s'enfonçait.

Une caresse la réveilla. Comme un baiser-papillon que lui faisait son père. Elle passa la main sur sa capuche et son gant ramena quelque chose. Un petit animal – non, c'était un insecte. Elle secoua le gant. Le truc ne se décrochait pas. Elle décida de l'affronter. Que Kouhouesso soit fière d'elle. Des yeux ronds mordorés, à facettes. Et peut-être deux autres plus petits dessous. Quatre antennes, vert et brun, long comme un long doigt, ça vibrionnait et ça restait là, à la regarder. Puis ça ouvrit une sorte de bouche et ça émit un son, *hhhhiissss*, à peine audible. De deux doigts gantés elle le décrocha et le jeta très loin. Ensuite elle frissonna longtemps-longtemps.

Les négociations avaient cessé. « Palabre », lui avait-il expliqué un jour, est un mot d'origine espagnole, pas africain du tout ; un mot raciste. Elle songeait à Lloyd, son agent à Hollywood ; à sa féroce patience en affaires. Entre-temps toutes les tentes s'étaient montées, même la grande à piquets. Dans un cercle de lumière pâle, Béton lui proposa de manger. M'Bali avait pris ce qui ressemblait à un enfant poilu – un ouistiti, l'assura Béton comme si c'était plus comestible. Elle crut voir des mains dans la marmite. Elle téta un tube de lait concentré. George lui apporta un gobelet de café tiède, c'était la marque ultra-mondialisée dont il était l'égérie – « il est noir, très intense, il est profond, sensuel et délicat », ils riaient comme des gosses en se cachant de Kouhouesso. Des grillons s'époumonaient, à supposer que ça ait des poumons, et quelque chose ululait par moments : un hibou ? L'air vrombissait, des bêtes appelaient. On ne les voyait jamais, finalement, les bêtes. Ou mortes. On voyait les insectes et les étoiles. Quel repos de voir les étoiles. De se sentir habiter sur la même planète que tous ceux qui voyaient ce soir les étoiles.

Elle s'éloigna de quelques pas. Tous les types de l'équipée s'étaient choisi des arbres sur le trajet, et Favour – Favour n'était sans doute soumise à aucune nécessité organique. Elle fit le tour du fromager, ce qui prenait déjà dix minutes. Des gerbes de lucioles explosaient sous ses pieds, éclairant brièvement le sous-bois. Le sol était dégagé, seulement couvert de feuilles. Elle se souvint d'un reportage à la télé, de femmes qui ramassaient sous un arbre ce qui ressemblait à des pelotes de laine – de grosses araignées grises, pour frire, à pleines poignées... Mais attendez – les femmes, elles étaient asiatiques. Elles portaient des chapeaux genre chinois. Le jet de son urine faisait crépiter les feuilles dans un silence vigilant. Elle se nettoya avec des lingettes pour bébé. Hésita, puis les jeta, là, par terre. À la gueule de la Sainte Nature.

Repulvérisa du *Rambo* partout sur ses vêtements. Les lucioles clignotaient, bonjour, bonsoir.

Plus tard elle trouva la tente de Kouhouesso. La toile était fermée. Elle hésitait. Elle ouvrit doucement la fermeture éclair et la sentit lui échapper des doigts : Kouhouesso, de l'intérieur, lui demandait ce qu'elle trafiquait, où elle était passée ? Elle perçut l'ouverture de ses bras dans le noir, elle se serra contre lui. Elle ne le voyait pas, phénomène irrésistible. Qu'elle enlève ses vêtements, elle puait l'insecticide. Le soulagement de sa peau nue. La tienne, la mienne. Il roula sur elle, ils soufflaient doucement, autour d'eux les arbres et les insectes à l'infini.

Après, il parlait. La construction qui devait supporter le projecteur central avait été abîmée par l'orage, il faudrait revoir ça dès l'aube, et il manquait des éléments du décor. Qui aurait cru qu'on volerait, ici, des appliques et des câbles ? Le vigile posté aux grottes avait vu des lumières, entendu des chants ; apparemment il s'était abstenu d'aller voir plus près. Qui aurait cru qu'il y aurait dans cette forêt des putains de pèlerins ? Plus tard il protestait dans son sommeil, qu'elle arrête de bouger. Elle se grattait. C'était atroce. Sur les fesses et le haut des cuisses, quelque chose l'avait mordue, ou piquée. Elle fouillait dans son sac, en essayant de faire le moins de bruit possible. La fraîcheur des lingettes appliquées en pansements la soulageait d'abord, puis la brûlure était à hurler.

Il se dressa d'un coup, sa voix fut comme la poussée d'un arbre, sévère, à s'enfoncer sous terre : DEMAIN IL TRAVAILLAIT.

Elle se tint immobile. Et les heures jusqu'au matin, crucifiantes, furent comme un condensé de ce qu'elle vivait avec lui, à attendre encore un autre jour, à attendre insoutenablement.

UN MONDE TROP PARFAIT

Ils étaient sur une île, une île volcanique émergée de ce bazar. On voyait comme d'un phare. Des filets de brume qui devenaient roses avec la chute du soleil. Un énorme peuple d'arbres, aussi denses qu'une mer de nuages, gonflés, ondulants, serrés, mais verts de toutes sortes, arrondis de dômes en dômes, dans un agencement qui ne devait qu'à la forme des choses, qu'à la structure de ce qui pousse, à rien d'humain. C'était le Gabon, et puis le Congo là-bas, le Congo où on n'irait pas. Le ciel devint entièrement rouge, puis s'éteignit. Il était six heures. On entendait s'abattre des géants, des supernovas de feuilles et de poussière et d'arbres plus petits entraînés en explosion, qui laissaient des trous. Il y avait des scieurs clandestins. La fuite des animaux s'entendait loin, les cris.

On n'avait pas encore tourné. Et George qui repartait après-demain. Il avait fallu reconstruire tout le portique des lumières, refaire un maillage de câbles et renoncer à la *top light,* qui faisait tout sauter. Ça donnait une sorte de hutte de branchages avec un projecteur en haut et un déflecteur au fond, le tout à l'intérieur de la grotte, comme si des Pygmées étaient devenus fous. Quand on avait enfin pu brancher le générateur, un millier de chauves-souris s'étaient envolées. Et Kouhouesso avait dû faire une annonce comme quoi le virus Ebola ne s'attrape que par morsure.

Tout le monde s'agitait, se houspillait, poursuivait des objets, courait dans les feuilles en lançant des appels un peu comme des oiseaux. « Hé, la Chinoise ! » criait Welcome. « Je suis ouïghoure », rétorquait Olga. « Tu es malade ? » s'inquiétait Solange. « C'est l'horreur », disait Favour dans son téléphone satellite rien qu'à elle. Eux, les comédiens, on leur avait trouvé une très large souche pour attendre. La mousse humide leur grimpait le long des reins, ils se sentaient pousser avec le reste. Vus des arbres, ils devaient ressembler à une brochette de gros champignons. Et tout ce campement dans la clairière, ces saltimbanques dans le tumulte vert, c'était un tel ensemble de circonstances organisées et farfelues, une trentaine d'êtres humains réunis et se donnant du mal pour donner forme à la Grande Idée, pour plier le fleuve et cadrer l'Histoire et contenir la jungle… et on verrait bouger les personnages dans des salles de cinéma loin d'ici… Les champignons dodelinaient du bonnet. On ne dit pas « jungle », disait Kouhouesso, c'est un mot pour l'Asie, on n'est pas chez Mowgli ; d'ailleurs il n'y a pas de tigres en Afrique. Son explication du monde, les trois minutes par jour qu'elle parvenait à lui arracher, c'était comme des baisers volés.

George et Vincent parlaient poker. Favour trouvait que c'était un scandale, pour une soi-disant démocratie, un quart de la population française qui n'est pas représenté, un quart qui vote Le Pen et qu'on méprise. Si le Front national gagnait les élections, la situation serait claire au moins, la vérité serait dite sur la patrie des Droits de l'Homme, et on pourrait commencer à parler, là. Solange renversait la tête vers la tête des arbres. Elle se laissait porter par les feuillages. Elle avait envie de rentrer, de rentrer avec lui, de retourner à leur pays, une plage, une maison sur pilotis, un ailleurs à la Laurent Voulzy, *le soleil donne la même couleur aux gens, la même couleur aux gens, gentiment...*

Elle s'était baignée dans la rivière, à peine un ruisseau, où Hilaire et Béton allaient puiser l'eau. C'était bon de se laver, de se désengluer de la poussière et de la sueur ; le temps d'entrer à mi-corps dans le courant tiède ; puis c'était comme si la chaleur du corps et de l'air se rejoignaient, comme si le ruisseau devenait lourd aussi, fait de la matière même de la forêt. Les animaux se tenaient muets. Les oiseaux étaient immobiles. Même les insectes se cachaient, elle n'apercevait dans les longues herbes du bord que de petites grenouilles, grosses comme l'ongle et vernies de rouge. L'eau était d'une clarté merveilleuse, un peu de sable jaune se levait par nuages entre les doigts de pied. « Viens », avait-elle proposé à Kouhouesso. Il ne venait pas.

Elle trouvait les grottes plutôt décevantes. Moins des grottes qu'un éboulis, à vrai dire. Des dalles glissées les unes sur les autres et qui formaient des creux. Bon, c'était joli, et ça avait l'air hanté comme il faut. Des crânes en résine étaient plantés sur des sagaies, les flambeaux et les projos faisaient le reste, et toute l'équipe noire disponible – guides, cuistots et machinos compris – tous transformés en figurants, costumés façon anciens temps, s'apprêtaient à faire les zouaves. Il n'y a que Freeboy qui renâclait. On voulait provoquer les démons ? Welcome lui courait après pour le maquiller, le grand Bantou après le petit Pygmée, les rires se propageaient comme une éruption de boutons. Kouhouesso voulait des bouches qui brilleraient à l'image ; « comme si leurs bouches ne se voyaient pas déjà assez », c'était Welcome qui parlait, des Pygmées.

« La jeune fille ?… Oh, elle est en dehors de tout cela, complètement… Elles sont toujours – j'entends les femmes – en dehors de cela – ou du moins devraient l'être. Nous devons les aider à demeurer dans ce monde admirable qui leur est propre… »

Kouhouesso, avant le *clap*, faisait entendre à chacun la musique du roman, plusieurs pages de *Cœur des ténèbres*. Les passages sur les femmes, est-ce que ça parlait d'elle ? « Extraordinaire, la façon dont les femmes vivent en dehors de la réalité… Un monde trop parfait d'un bout à l'autre et tel que si elles avaient à le réaliser, il s'écroulerait avant le premier coucher de soleil ! » C'était un homme littéral, Kouhouesso, et qui s'y connaissait en sujétion, qui s'y connaissait comme elle sur les faits de domination, mais personne ne protestait, pas plus Favour qu'Olga. Une question de narration, d'époque, de point de vue… Une dernière chauve-souris voletait sans trouver la sortie, une question de Q.I. George faisait « bouh ! » en s'éclairant par-dessous avec sa lampe de poche, ça ne faisait pas rire Freeboy.

L'iPod de Freeboy ne quittait jamais ses oreilles. Apparemment il ne fonctionnait pas. Kouhouesso et Olga trouvaient formidables les dizaines de petits objets accrochés au fil des écouteurs. Pierres, canines, plumes, perles et tortillons de ficelles, ce que Kou' appelait ses *grigris* : formidables, mais sans l'iPod. Que Freeboy soit raisonnable. Qu'il garde ses amulettes mais sur un lien de cuir. L'iPod sinon se verrait à l'écran.

« Je wanda… c'est qui ce Kouhouesso ? Ekié, est-ce qu'il pousse les Caterpillar ? Est-ce qu'il mange le piment ? Il se tcha ce gars. Ce djo aime ya ! Falla me i loss. Fais quoi fais quoi, il faut parler là. Je porte mes tongs et ça lui sert ? Iche ! Ce gars e mimba mal mauvais. Helele, il djoss quoi là ? C'est l'allô ! Quel thuriféraire. Macabo de ce type. Aka ! Ça me ndem le contrôle. Je vais walka, moi. Quel chien vert. Un babayou, c'est tout. Mof mi dé, pardon ! »

Patricien traduisait le *camfranglais* de Freeboy avec la neutralité d'un interprète des Nations unies. D'où il retournait que l'autorité de Kouhouesso était mise en question, la persécution avait ses limites, Freeboy se retirait du projet.

Freeboy roula la natte sur laquelle il dormait, prit des whisky-sachets, des bâtons de manioc et du chocolat, son bout de savon et son bout de serviette, ficela le tout avec une liane, et s'éloigna dans la forêt. Le son de sa machette retentit quelque temps, puis disparut. Il avait le sens de la scène, Freeboy. Heureusement qu'il restait les guides bagyélis, M'Bali et Tumelo. Mais eux, absolument personne ne comprenait ce qu'ils disaient.

Elle avait enfilé la longue tunique blanche préparée par Olga. Welcome lui avait fait un teint blafard, un peu trop vampire à son goût, mais elle n'apparaîtrait que floue. George-Kurtz rendait son dernier souffle, et la Promise flottait devant ses yeux. C'était son idée à elle – une liberté avec Conrad, mais qu'il aille au Diable. Les insectes faisaient des nuages devant les projecteurs ; si denses que ça se voyait, si vrombissants que ça s'entendait. Il fallait les chasser à coups de ventilo mais sans ça que ça se voie, sans que ça s'entende. Favour aussi était à l'image, cette intrigante, aussi flamboyante et sauvage que Solange était pâle et languide, à se demander si Kouhouesso ne tombait pas, à elles deux, dans les clichés qu'il voulait dénoncer. Elle jeta un œil sur le combo, l'image était belle pourtant, elle ajusta une dernière fois sa tunique, c'était son bon profil, elle se pencha légèrement pour prendre encore mieux la lumière, attention silence, moteur, ça tourne.

CAMÉO

Les mots qu'il lui avait dits. « Tu vois bien que ça ne marche pas. » À la fin de la dernière prise, il s'était tourné vers elle. Elle sentait que la phrase entrait en elle à jamais, qu'elle entendrait et réentendrait cette phrase dans le silence. Tu vois bien que ça ne marche pas.

Pourtant, l'image était belle. Elle, droite et spectrale, émouvante. Mais il disait qu'il ne croyait pas à la scène. Que la dernière pensée de Kurtz n'était pas pour sa Promise. Que tout ce que voulait Kurtz c'était « exterminer toutes les brutes ».

Ils faisaient l'amour. Appelons ça l'amour. Lui, d'abord, comme s'il ne voulait pas. Mais dès qu'il la touchait. Lui aussi peut-être était dans l'étonnement, le non-élucidé, le sans explication. Ce rayonnement, cette emprise. Cette stupeur. Ils descendaient chacun sous leur peau. Bougé après bougé. Dépouillement après dépouillement, un peu plus, un peu plus loin, ils parviendraient jusqu'au cadavre, dans le noir universel de la chair, jusqu'au blanc universel de l'os.

Il était fatigué-fatigué. George prenait l'avion demain. Tous les plans serrés étaient dans la boîte, mais pour la fin du film, eh bien, il monterait, avec un mannequin ou le corps d'un autre, les scènes où la dépouille de Kurtz est portée à bord du bateau. Il parlait tout seul. Ses mains bougeaient comme des papillons de nuit. Qu'aussi bien il jouerait lui-même, une apparition à la Hitchcock, un *caméo*. Il apparaîtrait et disparaîtrait, mort, raide, cadavre, on lui grefferait la tête de George au montage, on lui blanchirait les mains. Les mots du cinéma, il n'usait plus que de ceux-là, ça devenait les mots de la vie. Elle se demandait s'il ne prenait pas des amphétamines ou quelque chose. Les mots de l'amour, elle, elle les parlait tout bas, la tête dans son cou, dans ce creux nocturne et salé. Est-ce que sa tendresse l'ennuyait ? Pourquoi l'ennuierait-elle… Elle lui disait je t'aime avec les lèvres, avec le souffle.

Les phrases. La greffe. Le montage. La Promise. Elle voyait des corps étranges. Des créatures de cinéma. Des monstres anciens, des Blemmyes, dont la tête poussait dans le torse et qu'on disait anthropophages, les Nubiens vus par les premiers voyageurs blancs. Tu vois bien que ça ne marche pas. Elle voyait l'enfant dans la terre, dans l'arbre creux de la sorcière. Elle se sentait le front brûlant mais elle avait froid, deux climats la tenaient, une malaria chronique, une torpeur rien que pour elle. Il prenait le temps de lui expliquer encore le film, alors que le temps manquait pour tout.

Mais la dernière nuit, il ne savait pas. Il ne savait pas lui-même, que c'était leur dernière nuit. Ça elle en était sûre, sorti du film il ne préméditait rien. Elle-même ne savait pas, personne ne savait, que c'était ça, leur dernière nuit.

*

La fin du tournage avait passé. Il y avait eu une fête entre hommes, au casino de Kribi. Le lendemain il n'était pas visible, peut-être même pas dans sa case, elle n'entendait pas le ventilateur. Et le vigile était parti, disparu, retourné dans la forêt.

Elle, elle savait peut-être. Sûrement. Qu'il n'y aurait pas d'autre nuit. Ça se voyait à la façon qu'elle avait de marcher le lendemain sur la plage. Poco-Beach, ça ne veut rien dire. Le nom local c'est Mohombo. Le paradis, cocotiers et mer opaque, une piste défoncée. Il avait dit qu'il l'y emmènerait, mais il était resté sur le fleuve, on ne pouvait plus le détacher de ce bateau. Il y avait une place dans les pick-up avec Welcome et Olga, et Hilaire et sa famille,

Germain et ses sœurs, et M'Bali, ses femmes et ses enfants, mais plus Tumelo, on ne le trouvait plus. Ça se défaisait, déjà. Welcome et Olga ne pouvaient plus se supporter. Mais Welcome ne l'appelait même plus « la Chinoise », il avait l'air déprimé. Des bouts du décor arrivaient, on démontait, on renvoyait, on revendait, on volait, on distribuait. Ça se terminait : les trajectoires reprenaient leur cours, Olga vers un autre film, Vincent pour Singapour, les Africains sur place. Elle vers Kouhouesso. Welcome retournait à Lagos, vers les studios de Nollywood, là où il trouverait du travail. Pour le reste, on ne savait pas. Le destin d'un maquilleur homosexuel dans l'ouest de l'Afrique noire, on ne savait pas.

La Guinée équatoriale était une ligne verte sous la pluie. Le fleuve était très large à cet endroit, un miroitement et la pluie là-bas, un grain. Le Ntem on le surnomme le Petit-Congo. N'empêche, ce n'était pas le Congo. Une pirogue à moteur, chargée à couler, transportait une pyramide de fûts de carburant. Un seul coup de feu depuis la Guinée et le type se désintégrerait, pour l'équivalent – elle songeait, la tête vide – ça devait se comparer au prix du parfum qu'elle avait offert à sa mère à Noël. La régie se fournissait auprès de lui. Sinon il n'y avait rien, rien du tout. Les palétuviers semblaient passés à la bouillie bordelaise, une ligne blanche à mi-racines. C'était la « petite marée », la plage de vase était dégagée sous la guérite du douanier qui passait ses journées ici, seul. Il marquait en quelque sorte le centre de Poco-Beach. Le centre administratif, disons. Il aimait faire la causette, ça se comprend. Il n'avait pas touché son salaire depuis deux ans, il trafiquait un peu de butane.

La mer formait une vague sous l'horizon, là où le vert finissait par s'exténuer. Une barre gris-blanc. Une embouchure, la terre ouverte, le tout extraordinairement large et plat, et diffus, retenu hors de l'inexistence par quelques molécules en suspens. De ce côté, le campement des pêcheurs nigérians. De l'autre, la mer, les lodges, la vase devenue du sable, les palétuviers devenus des cocotiers. On soulevait à chaque pas des crabes-araignées et des puces de mer.

La pluie se rapprochait, la pluie de l'Équateur. Avec un arc-en-ciel comme un jet de baleine, qui faisait le pont vers la Guinée. Un jour d'il y a longtemps, elle avait apporté à son fils, chez sa mère, un livre sur un petit arc-en-ciel voyageur. Il n'avait jamais voulu qu'elle le lui lise. Sa mère lui avait dit que c'était un peu bébé pour un garçon de dix ans. Ici tous les jours le soleil se levait à 6 h 18 précises, et se couchait douze heures après exactement, à 18 h 18. Des nuits qui duraient comme le jour, toute la vie. Un équinoxe perpétuel. À se pendre, à son avis.

Poco-Beach, côté lodges, était une miette de ce qui restait de l'Afrique du tournage : trois bungalows presque chics, une cantine sur pilotis, des toilettes presque occidentales, une plage loin du monde. L'argent il en restait un peu, pour une petite fête ; les 4 × 4 de luxe on les rendrait demain à Douala ; le matériel le plus précieux on le rembarquait en container pour Hollywood via Panama. Jessie était parti depuis longtemps. La grosse nouba était passée. Maintenant c'était une fête pour les Africains.

POCO-BEACH

Elle marchait, la voici qui marche sur la plage. Pendant que le buffet se préparait. Des années après il reste une photo, prise à l'iPhone par Olga, c'est le début des photos échangées par téléphone : une silhouette très fine, longues jambes et petite poitrine, dans un paréo Hermès bleu et or, un grand chapeau de paille, des lunettes de soleil Chanel, les pieds nus. Au fond, ç'aurait pu être n'importe qui, n'importe quelle Blanche encore en âge de procréer, accessoirisée en grandes marques et correspondant aux critères de beauté des années 2000. Une pub *Poco-Beach*. Dix minutes après elle se baignait. Il venait d'arriver. Elle voulait qu'il la voie, qu'il lui redise : « un vrai poisson ». Elle avait plongé dans les vagues en posant son paréo sur le sable et son chapeau et ses lunettes, elle avait son joli bikini. Elle était la seule à se baigner. Une partie de beach-volley s'organisait. Tout le monde était en maillot sauf Olga qui se protégeait des UV.

Welcome, en short de bain, était beau mais bizarre. De loin ça sautait aux yeux : contrairement à la majorité des êtres humains, il avait le visage plus clair que le reste du corps. Il était bicolore. Les crèmes à décaper le teint. Un faux air de Michael Jackson.

M'Bali faisait des gestes, difficiles à comprendre mais un peu alarmants. « Mami wata », il disait. Des requins ? En face, à l'horizon, il n'y avait que la plate-forme pétrolière et les bateaux de surveillance autour. Germain, Hilaire, sa femme et les enfants, Welcome, Saint-Omer, Kouminassin, Abou, Béton, Thadée, Favour, Idriss, et Ignace l'artisan des sarbacanes, et même la femme de Patricien avec ses études à Yaoundé, ils étaient tous comme en suspens, un ralenti sur la plage. Mami Wata, ça ne plaisait à personne. L'esprit de l'eau, lascif et féminin, qui veut tout de vous et vous le prend. Avant de se baigner il fallait d'abord exorciser la mer. Kouhouesso rigolait. Il ne venait pas se baigner pour autant. Elle regagna le bord. Elle se souvenait de Malibu, l'illusion qu'il avait été à elle : allez, splash, à l'eau, viens Kouhouesso, plouf dans le soleil couchant... Il dégageait son bras, qu'elle arrête – si sèchement, si sévèrement –, elle comprit qu'il ne savait pas nager.

Une projection de *rushes* avait été organisée. Les Bagyélis faisaient des gestes d'exorcisme aux images de leur propre mort. Ensuite on avait ri, on avait bu. Il en restait, des sarbacanes. On fit une bataille, les flèches bénignes pleuvaient. Les poissons grillaient. Le vin de palme moussait. On mâchait des kolas en buvant des bières. Le soleil tombait droit sur la plate-forme pétrolière, et le ciel flambait. Une grosse sono avait été apportée de Kribi, mais l'électricité sautait, la même phrase musicale recommençait, *kiri kiri mabina ya sika*, la guitare entraînante et triste du Docteur Nico c'était tout le Congo, tout le Congo perdu de la rumba, du merengue, tout ce qu'elle ignorait absolument et vers quoi Kouhouesso l'avait menée, et ils dansaient pieds nus dans le sable, mélancoliquement, dans leur Afrique rêvée, leur Afrique de cocotiers, de Noirs ensemble, de Blancs gentils, avec l'Asie, avec Olga, avec l'Amérique et le cinéma, et le pétrole coulait à flots sans marée noire, l'or et l'ivoire ornaient les palais sans génocides, et les diamants brillaient aux doigts des filles, de toutes les filles, l'Afrique où l'on s'aimait, où l'on dansait, avec Welcome et sa bouche fardée, venez les amis, *kiri kiri mabina ya sika*, l'Afrique des guitares à pédale wah-wah, l'Afrique des chemises hawaiiennes, des costards-sapeurs et des talons-dame, l'Afrique d'après l'indépendance photographiée pour toujours dans son soleil de stuc, l'Afrique de l'African Fiesta.

Le tournage était fini. Les Africains portaient les yeux sur le lointain. Le regard au large, comme assistant à leur propre absence dans les pays où ils n'étaient pas. Ce n'était que ça, finalement, un film ; c'était déjà fini. Ça recommençait, la déception. Le futur ne durait pas longtemps. Huit semaines à manger tous les jours des protéines, huit semaines à gagner huit autres semaines, un futur de deux mois pour le village, des sacs de riz et de l'huile de palme ; et Kouhouesso avait laissé une Toyota et un générateur, et détourné un peu d'argent de la Compagnie pour payer des vaccins contre la typhoïde, douze euros le vaccin fois cent quinze enfants, et autant de rappels dans un an, qui se conserveraient, ou pas, dans le frigo de Siphindile.

« Être africain ça ne veut rien dire, sauf avoir peur de perdre ce qu'on a. » Kouhouesso était très ivre. Il l'enlaçait mais il enlaçait aussi Olga. Il disait ça va les filles. Il disait on fait comment. Un *threesome* ça vous dirait. Avec sa voix mouillée elle entendait *tree*-some, encore une histoire d'arbre ? Olga se mettait en colère, alors elle comprenait, une proposition à trois, et même le sachant ivre, elle avait de la peine, oui. Elle avait envie de pleurer. La dignité c'est Favour qui l'avait. Favour les regardait de son air supérieur, du même regard qu'au premier jour : intacte, inentamée. Favour Adebukola Moon. La star de demain. On n'y couperait pas.

Patricien ne dansait pas. Patricien ne buvait pas. Il y avait eu – un incident. Sur la piste vers la plantation d'hévéas, dans un des campements

271

de déplacés. On avait pendu une petite fille. La mère était morte à l'accouchement avec le nouveau-né ; et la petite fille, son aînée, sept ans, on l'avait accusée de démonerie. Une partie du campement contre l'avis de l'autre l'avait pendue par les pieds pour qu'elle avoue. Elle était restée là, à un hévéa, un cousin avait couru pour avertir Siphindile, il avait couru à travers toute la plantation, malgré les vigiles, tout droit entre les troncs alignés, Siphindile avait prévenu la sorcière qui avait dit ces gens-là je ne me mêle pas, il avait couru voir l'unique fonctionnaire dans sa guérite de Poco-Beach, il avait même cherché Kouhouesso mais il n'était ni au bateau ni joignable au téléphone, et quand il avait trouvé Patricien qui connaissait les gendarmes de Kribi, c'était trop tard. Et d'ailleurs dans les campements – ces gens-là sont violents-violents, ces gens-là aiment le problème, *ékié.*

*

Dans l'avion du retour elle lut la presse française. Le musée d'Angoulême avait rouvert. Sébastien Loeb avait gagné le rallye du Mexique sur Citroën C4. La ville de Lyon célébrait le bicentenaire de Guignol. Une importante filière de cannabis était démantelée dans la région de Saint-Étienne. Un lycéen d'origine africaine qui avait poignardé son enseignante était condamné à treize ans de réclusion criminelle. Le pélobate brun d'Europe était déclaré en voie de disparition. Une femme présidait pour la première fois le conseil d'administration de l'École polytechnique. Une prière publique de réparation était prononcée par des militants anti-avortement à l'hôpital de la Timone. Le procès de l'hormone de croissance se poursuivait. Idriss Déby, au Tchad, graciait les humanitaires français qui avaient fait passer des enfants pour des orphelins. Un cargo chinois transportant 4 300 tonnes de bois tropicaux en provenance du Congo était intercepté au large de Ouistreham. Un réseau sur Internet nommé Facebook, fort de son succès outre-Atlantique, était lancé en France. Un fabricant de paracétamol se délocalisait en Inde. Lazare Ponticelli, dernier survivant de la Guerre de 14, mourait à l'âge de cent dix ans. Les Verts perdaient la moitié de leurs voix à Paris. Les handicapés de France manifestaient pour une réévaluation de leur pension. Selon une enquête de l'Église catholique menée dans la région de Nîmes, 44 % des sondés ne se disaient pas forcément croyants, 65 % pensaient que l'on peut être chrétien sans appartenir à une Église et 56,5 % affirmaient que Dieu existe. La communauté des Chtis se disait insultée par une banderole déployée lors d'un match de foot à Lens. Alain Bernard battait le record du monde du 50 m nage libre. Le déficit de la Sécurité sociale ne se creusait pas. Nicolas Sarkozy inaugurait à Cherbourg le chantier du sous-marin nucléaire le *Terrible* (poids 14 200 tonnes, longueur 138 m, diamètre 12,5 m, vitesse maximale 25 nœuds).

L'or se négociait à 1 000 dollars l'once. Les parents de Maddie, enlevée au Portugal, clamaient leur innocence. Le sénateur de l'Illinois Barack Obama gagnait les primaires dans le Mississippi. Un satellite japonais était placé en orbite par la Navette Endeavour. Attentats en Russie. Émeutes à Erevan. Violences au Soudan. Élections à Malte et au Sri Lanka. Un camp de base était balayé en Himalaya, un survivant racontait : « Tout à coup, il a fait nuit noire. J'ai compris que nous devions être sous une avalanche. »

À Roissy l'innombrable présence des Blancs la surprit. Des peaux molles, rosées, piquetées, des poulets plumés qui auraient marché sérieux-sérieux. La voici qui récupère son bagage, c'est la bonne étiquette, tous les bagages se ressemblent. La voici qui enfile un gros pull, on est en avril, elle tremble. La voici qui marche vers la file des taxis, elle va se reposer chez Daniel et Laetitia, il y aura du pain frais sur la table, de la *baguette*, le petit sapin aura été défait. Puis elle prendra le train pour Clèves, elle ira se ressourcer comme on dit, auprès de son fils et ses parents.

V

THE END

Elle s'habilla sans hésitation. Depuis toujours elle savait qu'elle mettrait son fourreau lamé bleu, un vintage Dior des années 1970, la plus belle pièce de son dressing. Depuis toujours, depuis le début, depuis la première mention du film, et même quand elle n'y croyait pas, elle s'était vue à la première dans ce fourreau. Elle s'était vue dans ce fourreau à son bras.

Elle flottait un peu. Elle avait beaucoup maigri depuis leur séparation. Ils habitaient la même ville mais il était resté dans son film, tout à son montage, dans son fleuve, là-bas, à ne donner aucune nouvelle, et quand ses textos à elle devinrent des suppliques il avait eu une dernière phrase, une de ses phrases coupeuses de jambes : « Il faut tourner la page, Solange. »

Solange. Il l'appelait Solange. Jusqu'au bout elle y entendait un secret rien qu'à eux.

Après, rien. Des nouvelles par d'autres. Elle n'attendait plus rien, sinon la première, et cesser d'attendre devenait une autre vie, respirable et triste. Et maintenant elle se concentrait sur la façon d'enfiler le fourreau sans abîmer le lamé. Elle faisait comme s'il ne s'agissait plus désormais que de porter une robe.

Son coiffeur vint pour un chignon d'une belle texture, faussement négligé sur la nuque. Elle ferma les yeux, l'envie de pleurer qui revenait.

Elle envoya une limousine chercher son père et sa mère et son fils à LAX. Elle les logeait à l'hôtel. Chez elle elle n'avait pas le courage. Elle les confia à Olga pour les styler un peu chez Vanessa Bruno et Paul Smith sur Melrose (sa mère aurait voulu *louer des smokings*). Surtout elle avait réussi à convaincre Rose et son mari de venir, en leur envoyant deux billets d'avion. Et Olga l'accompagnait. Elle avait besoin d'Olga. Sur l'affiche on ne voyait que George et Vincent, et des arbres et un fleuve. Bon, Favour n'y était pas non plus.

Sur le carton d'invitation ivoire et or en forme d'arbre, la première était indiquée au Théâtre Chinois sur Hollywood Boulevard. Avant d'y aller, elle but quelques whiskies, peut-être un de trop, comme le lui confirmèrent les vidéos en ligne du *Hollywood Reporter* : elle avait comme une hésitation en sortant de la limousine ; si on savait regarder elle titubait un peu, au bras de personne. Son fils et son père marchaient derrière, puis sa mère, puis Rose et son mari, puis Olga et son boyfriend. Tapis rouge, flashes à tout hasard. Elle cherchait du regard (on devine ça, aussi, sur la vidéo), elle cherchait du regard un regard qui l'accueille. Ted. Ou même son agent Lloyd malgré leurs différends. Aucun des Africains n'était là, ni Patricien, ni Béton, ni Hilaire, ni Ignace, ni Freeboy évidemment. Ça redevenait normal : presque tout le monde était blanc.

Welcome : elle eut la nostalgie de ses coups de pinceau savants, de ses cheveux raidis et de sa peau de pauvre qui voulait être blanc. Il avait quel âge, Welcome, vingt ans ? Comme son fils. La seule chose qu'elle savait, c'est qu'elle ne le reverrait jamais. Là-bas, du côté de Poco, du côté de Kribi, les cartons d'invitation décoraient peut-être les murs de boue séchée. Ils avaient peut-être atterri, par quelque trajet prodigieux, dans la hutte de feuilles d'un M'Bali ou d'un Tumelo, si ces huttes existaient encore, coincées entre les plantations d'hévéas et les palmeraies à huile. Ils avaient peut-être trouvé le miroir de la table à maquiller de Welcome, quelque part à Lagos, si Welcome était toujours vivant. La Compagnie les avait peut-être envoyées, les invitations ; peut-être Kouhouesso y avait-il pensé. Mais sans pochette-surprise, sans billets d'avion ni visa.

Elle attendit que la nouvelle attachée de presse, en grande discussion avec Oprah, vienne la saluer. Elles s'extasièrent sur son fourreau, puis, levant les yeux ailleurs, sur la décoration d'inspiration chinoise qu'elles connaissaient par cœur. Elles parlèrent de George qui tournait à Berlin avec Steven. Et de Vincent qui était, quel dommage, au Japon. On attendait Jessie.

L'agent de George ne la salua pas. Carrément comme s'il ne la connaissait pas. Il avait toujours posé sur elle le regard d'un homme pour qui la passion, chez une femme, et sur quelque plan que ce soit, professionnel ou sentimental, est une manifestation déplacée. Comme s'il y avait eu dans toute cette histoire, et de sa part à elle, une faute de goût, un débordement, un franchissement insupportable. On murmurait qu'il avait attrapé un parasite handicapant, dans la forêt, le genre qui vous pénètre par la plante des pieds.

Père, mère, fils, Rose, mari de Rose, Olga, boyfriend d'Olga, elle s'assit au centre de la brochette, 14ᵉ rang à gauche. Floria arrivait, sublime, suivie de Lilian avec son chapeau. Elle se leva, dérangeant tout le rang, pour aller les embrasser. Kouhouesso n'était toujours pas là. La soirée prenait du retard. Brouhaha, Jessie arrivait, avec Alma. Deux ans après, qui l'eût cru. Dans le désordre elle avait réussi à descendre de quelques rangs, debout. Elle chercha à croiser son regard, elle s'agita, rit fort. Elle remonta. Redérangea tout le monde.

Entre-temps Kouhouesso avait surgi. Il embrassait Jessie et Alma, là en bas. Il salua de la main, vers elle peut-être, non, plus au centre.

Il était seul. Superlativement beau en costume de cuir et chemise blanche ouverte. La seule chose qui ne lui plaisait pas (à elle, Solange) c'est qu'il avait fait retresser ses cheveux « à l'américaine », nattes près du crâne. Welcome aurait fait mieux.

Il y eut des discours auxquels elle n'entendit rien, Ted de la Compagnie, Oprah, Kouhouesso. Elle guetta son nom ; dans les remerciements peut-être ? Jessie monta sur scène, applaudissements. Et Lola ! Lola Behn était au premier rang. La Lola du Surinam. Qu'est-ce qu'elle faisait là, Lola ? Kouhouesso regagna sa place entre Jessie et Oprah et elle eut, juste avant que les lumières s'éteignent, la vision de son crâne, du haut de son crâne parfaitement strié de tresses, elle se demanda s'il sentait toujours l'encens, elle crut même – à cette distance… *Oh, elle le connaissait, personne ne le connaissait comme elle…* Elle était sûre que sous son crâne pas une pensée ne s'échappait hors de l'écran, hors de la nuit, de Londres et la Tamise et du deux-mâts à l'ancre ; et des voix d'hommes et de l'ombre fuligineuse, puis la lumière énorme de la côte africaine, le ciel beaucoup plus grand que la terre, la mer couleur de zinc, la mousse blanche au loin sur les récifs, et une autre mousse, verte, d'arbres, de mangroves, et comme un épanchement de lait gris, le fleuve s'ouvrant, s'annonçant, pénétrant loin dans l'océan, le fleuve navigué dès l'océan, l'Afrique ouverte bien au-delà de son rivage ; tout ce qu'elle n'avait pas vu de l'avion de Douala et qu'elle voyait là, de l'eau, de son siège au quatorzième rang et de tout son manque de lui, là, quatorze rangs plus bas, parfaitement localisable dans l'obscurité de la salle de cinéma, et invisible, et séparé.

Ensuite le bateau. « Un bruit incessant de rapides. » Ça devenait, comment dire, plus net ; elle revoyait certains rushes. Le montage était prodigieux, d'une douceur qui la bouleversait : sa douceur, quand il était doux ; et la violence qui avait lieu dans cette douceur. Elle voyait du film ce qui restait du film, sa surface laiteuse et agitée. Elle voyait du film le souvenir qu'elle en aurait : ce qui s'imprimait dans sa mémoire, sans transition, sans temps qui passe. Elle se souviendrait pour toujours d'être là, à quatorze rangs de lui, à caresser l'écran des yeux. Elle s'en souvenait déjà, comme de son propre passé.

Elle essayait de reconnecter son esprit critique. De voir ce qui clochait. Quelque chose clochait, mais quoi ? Une question de rythme ? d'intensité perdue ? Elle aurait dû être là. Maintenant. Apparaître. Robe blanche et mains tendues. « L'un et l'autre au même endroit du temps… » Elle n'apparaissait pas. La forme blanche qu'elle aurait dû être. « Ce loquace fantôme. » Le fantôme, personne. Sa voix, perdue.

Olga lui prit la main et la chaleur de sa peau la maintint là, enclose, au quatorzième rang.

George, l'ivoire de son visage parmi les flambeaux. La forêt. Puis le corps d'un autre, de Kouhouesso, qu'on monte à bord, le visage blanc yeux fermés monté *cut* et c'était convaincant, oui, personne ne savait, personne ne pourrait dire…

À son cœur manquaient des battements. La forêt se renroulait comme un mirage, sans s'amenuiser, sans se réduire, déboulant d'un coup sur la mer, oui c'était la mer et elle n'était pas là. Un Congo de cinéma, l'embouchure du Ntem greffée dessus comme une planète refaite, montée en mieux, en plus pratique, chirurgie tellurique, Théâtre Chinois sur Hollywood Boulevard.

Pourquoi n'allait-on pas en « Europe » ? Où étaient les scènes tournées à Kribi ? Où était-elle ? Où demeurait-elle, dans quels pixels s'était-elle arrêtée ? Pourquoi la musique allait-elle vers sa fin et le film vers sa chute et pourquoi les mots *The End* s'inscrivaient-ils, comme autrefois, comme dans les vieux films, pourquoi écrire déjà que c'était fini ?

Applaudissements, applaudissements fracassants sur son absence. Elle n'était pas là. Elle n'était pas dans le film. Lumière assassine. Ses trois scènes manquaient. Même Olga s'agitait. Elle s'était peut-être entrevue… le halo cendré… le teint vampirique… Kurtz disait « horreur… horreur… » et on percevait peut-être une lueur blanche, une impression rétinienne… Non. Il avait coupé toutes ses apparitions. Et – son père, sa mère, son fils, ses amis – elle les avait convoqués, elle avait organisé, pris des billets d'avion, elle les avait tous assis, là, d'autorité, pour assister à son absence.

« C'est à cause de la robe, souffla Olga, elles étaient moches ces robes. » « Quel beau film, lui dit sa mère, mais je ne t'ai pas vue ma chérie ? » Et elle la serrait dans ses bras et lui disait « c'était très bien, c'était très bien quand même ma chérie, ma petite. » Et le quatorzième rang se levait, la salle se vidait, se vidait de son sang – Kouhouesso, là, son crâne strié de raies, elle se souvenait, la belle tête sereine dans le loft de Topanga, le roi d'Ifé, pas une femme mais un roi. Et elle était ce fil qu'il avait défait, un personnage détricoté du film, facilement, qui ne manque pas, un spectre qui ne laisse pas le creux de son absence : elle était non nécessaire et tout le monde adorait, et il irait à Cannes et aux Oscars, Kouhouesso, sans elle, coup de ciseaux.

ENSUITE

Ensuite il y a un buffet, la cohue, et il faut qu'elle boive, vite, champagne. Et il vient la voir, il vient vers elle. Elle lève tout de suite la main, elle refuse, son air désolé qu'il se le garde. Pourtant ils sont ensemble. C'est stupéfiant. Il a avancé de quelques centimètres, cette distance, ce cercle de cendres, et ils sont entrés dans la même sphère. Et ce geste qu'elle a eu, de tendre la main pour l'arrêter, paume ouverte, verticale, levée, ce geste elle ne l'aurait eu pour personne, ce geste décidé, familier, c'est pour lui : elle le connaît. Oh, elle le connaît. Et le regard qu'il a sur elle : il la regardait ainsi dans les canyons. Quand les coyotes gémissaient. Et plus tard dans la forêt. Dans les nuées de lucioles. La mer et la forêt : il la regarde comme ça. Elle ne sait pas pourquoi. Mais ce qu'elle sait – s'il approche encore, elle va mourir. Il ne restera d'elle que de la poudre. Qu'un infime bougé. S'il la touche. Elle disparaîtra. S'il lui parle, même, un mot suffirait.

BONUS

Des années après, je dirais dix, à un autre
cocktail d'une autre première, Jessie est à l'affiche, il y a Favour, il y a peut-être Gwyneth, il
y a George, et il y a lui. Elle va avoir quarante-
six ans mais elle a joué avec Soderbergh, avec
Malick, avec Michel Gomez, avec Nuri Ceylan,
avec Kaurismäki.

Il a coupé ses cheveux, court. Elle le reconnaît
tout de suite, bien sûr, mais ce n'est plus exactement le même homme. Son parfum n'est plus
le même. L'air entre eux, quand ils pénètrent
dans leur atmosphère respective, s'épaissit et se
réchauffe et rend son crissement fatigant ; mais
elle respire et elle tient debout. *Cœur des ténèbres*
est sorti en DVD version longue, elle l'a trouvé
un jour dans sa boîte aux lettres : les scènes de
la Promise n'y sont pas incorporées mais on les
trouve dans la partie *bonus*. La rumeur dit qu'il a
quitté Lola vite après le succès du film. Qu'il a eu
une brève histoire avec Bianca Brittany, et que le
suicide de la jeune star l'a dévasté. Là, il est avec

une créature superbe, mi-canadienne mi-sud-
africaine, celle qui jouait dans *Battlestar Galactica*.
Il serait en train d'écrire un film pour elle.

Il ouvre les mains en signe de surprise, il joue
la maladresse, ils se font la bise à la française,
sur les deux joues, bien appuyée, ils rient. Ils
boivent une coupe. Une autre. C'est fou, la
familiarité. Et l'attachement et la rancune. *Fais
quoi fais quoi*, la camaraderie, une camaraderie
malgré tout, deux survivants d'une même odys-
sée ou, n'exagérons rien, d'un même périple
cahin-caha. C'est le français qui leur vient et
c'est sa voix mouillée, son accent chantonnant
elle le reprend aussi. L'affection, finalement,
d'un passé longtemps-longtemps : lui, qu'elle
connaît depuis toujours.

Il lui parle d'une sorte de maladie qu'il a
eue. « Je ne t'ai guère oubliée. Pendant trois
ans, après le tournage, je n'ai trouvé aucune
femme qui te vaille. Oui, pendant TROIS ans,
aucune femme ne m'a plu comme toi. » Et à
son ton factuel, admiratif, gentil, elle sait que
c'était la plus belle déclaration d'amour qu'il
lui fera jamais.

*La traduction des extraits d'*Au cœur des ténèbres *est celle d'André Ruyters chez Gallimard.*

Le proverbe « Seuls les gens sans vision s'échappent dans le réel » est cité par le photographe sud-africain Santu Mofokeng dans son livre Chasseur d'ombre, *Prestel, 2011.*

DU MÊME AUTEUR

Aux Éditions P.O.L

TRUISMES, 1996 (Folio n° 3065)

NAISSANCE DES FANTÔMES, 1998 (Folio n° 3272)

LE MAL DE MER, 1999 (Folio n° 3456)

BREF SÉJOUR CHEZ LES VIVANTS, 2001 (Folio n° 3799)

LE BÉBÉ, 2002

WHITE, 2003 (Folio n° 4167)

LE PAYS, 2005 (Folio n° 4582)

ZOO, 2006

TOM EST MORT, 2007 (Folio n° 4852)

PRÉCISIONS SUR LES VAGUES, *réédition*, 2008

LE MUSÉE DE LA MER, *théâtre*, 2009

RAPPORT DE POLICE : accusations de plagiat et autres modes de surveillance de la fiction, 2010 (Folio n° 5217)

CLÈVES, 2011 (Folio n° 5563)

IL FAUT BEAUCOUP AIMER LES HOMMES, 2013 (Folio n° 5909)

Chez d'autres éditeurs

ILLUSION, *photographies de Dolorès Marat*, Filigrane, 2003

CLAIRE DANS LA FORÊT, Des femmes-Antoinette Fouque, 2004

MRS OMBRELLA ET LES MUSÉES DU DÉSERT, *illustrations Fabrice Neaud*, Scali, 2007

PÉRONNILLE LA CHEVALIÈRE, *illustrations Nelly Blumenthal*, Albin Michel Jeunesse, 2009

COLLECTION FOLIO

Dernières parutions

Composition Nord Compo
Impression Novoprint
à Barcelone, le 18 juillet 2016
Dépôt légal : juillet 2016
1er dépôt légal dans la collection : février 2015

ISBN 978-2-07-046291-9 / Imprimé en Espagne